恋するひじりたち

Shima Yu

島雄

編集工房ノア

『恋するひじりたち』　目次

装幀　森本良成

「ひじり」とは――序に代えて

本書には、九人の「ひじり」たちが登場する。「ひじり」には「聖」という漢字を当てる。そこで一般には、聖人君子のことと解されている。たしかに『広辞苑』には、語源は「日知り」とした上で、説明の①に「日のように天下の物事を知る人。聖人」とある。しかし、同辞典にはほかに⑨までの語意が解説されていて、非常に多義であることが分かる。本書では、その⑦に相当する意味で使う。

⑦には「官僧以外、一般の僧の称。また、寺院に所属せずひとり修行している隠遁僧の称」とある。さらに⑧として「高野聖の略」とあるが、高野聖は⑦の一つといえる。

その形態はさまざまであって、ひじり研究の第一人者・五来重は、特徴として次の八つを挙げる。

隠遁性、苦行性、遊行（布教の旅、諸国巡礼＝回国）性、呪術性、世俗性（世俗への融合、社会奉仕）、集団性、勧進性、唱導性。（かっこ内は筆者）

ところが、これがまた時代によって大きく変化する。

（1）奈良時代＝私度僧、修験、勧進

この時代、正式に寺に入り公式に僧としての資格を認められた正僧以外に、自称の僧が多数いた。彼らは私度僧といわれ、律令で禁止されていた。行基（六六八―七四九）もその一人といわれるが、社会に出て民衆を組織し、治水産業に多くの業績を残した組織力を買われて、東大寺の勧進に抜擢された。この姿は、のちのひじりたちの教範のひとつとなった。

またこのころには民間の呪術宗教者の類が多くいたが、彼らと、山岳で修行する修験者と私度僧の三者はかなり重複していたらしい。たとえば役行者《えんのぎょうじゃ》（七世紀後半～八世紀。実在を疑う説もある）は呪術と修験の祖師的存在だ。

（2）平安時代＝念仏聖

平安時代のひじりの代表は、阿弥陀聖、念仏聖といわれる一団で、とくに阿弥陀信仰を基本とする天台宗の一派は、比叡山から出て、別所（良忍の大原など）を構える。また、念仏を唱える衆の集団化もこの時代の特徴で、比叡山横川・常行堂の不断念仏衆、源信の二十五三昧講などがある。

（3）平安末期＝集団化、拠点化

念仏聖を中心にしたひじりたちの集団はますます強大になり、山岳信仰と結びついて、高野山や興福寺、長谷寺などに拠点を作るようになる。一方で、阿弥陀念仏のみならず、法華経信仰をベースとするひじりもおり、また町へ出て布教や社会事業を行う者も多く、多様な様相を呈するようになる。町のひじりの代表格が、市聖《いちひじり》と呼ばれた空也《こうや》（九〇三―九七二、クウヤとも）。その他、皮衣を着ていたので革聖《かわひじり》といわれた行円らがいる。

（4）平安末期〜中世＝作善、勧進、遊行

この時代の特徴は、造寺・造塔・修復・写経・造像・社会事業・慈善事業など（これらを作善《さぜん》という）を施すひじり、また勧進（これらのために金品を募ること）する勧進聖の活躍だ。先に挙げた五来による八つの特徴は、おもにこの時代のひじりを対象にしている。代表的存在として高野聖の重源《ちょうげん》（一一二一―一二〇六）がある。西行もこの時代である。これら念仏聖、勧進聖たちは、当然ながら全国各地を歩いて作善をし、布教をした。布教しつつ歩くことを遊行《ゆぎょう》という。

（5）中世末期～近世＝多様化

ひじりたちの形態がますます多様化し、一方で独特の職業を持つようになる。勧進聖、葬祭を行う三昧聖、円空・木喰ら十穀を絶つ十穀聖、法華経を書写し全国六十六個所霊場をめぐる回国聖などである。高野聖もこのころ最盛期を迎え、おもに蓮花谷に集まって念仏を唱え、勧進・回国した。

（6）近世＝職人化・芸能化

ひじりたち独特の職業化が進む。鉦打ち、鉢屋、茶筅などがあり、一部は芸能人化し、大衆芸能のもとを作る。現代の盆踊りや各地の何々音頭といわれる伝統民謡、民俗舞踊の起源は、全部踊念仏に起源するといわれる。

やがて江戸末期にひじりはほとんど消える。この理由についての解説があまりないが、おそらく秩序を乱すものとして規制されたのであろう。

以上のように、ひじりといっても多種多様に及ぶが、私が注目するのは、寺を捨てた僧たちだ。その動機は様々だが、共通しているのは、既成組織に留まり立身出世する道を捨てたということだ。そのあとは、隠遁、遊行、勧進など、それぞれ独自の道を歩む。

ここに書いた九人のひじりたちの生き方も様々だ。典型的なひじりは教信（回国と念仏、社会事業）、一遍（念仏と遊行）、一休（隠遁）、良寛（回国と隠遁）であろうか。ひじりの定義に、ずばり当てはめにくい人もいる。西行は寺を出て俗世に入ったのでなく、逆に妻子と政界での出世を捨てて出家した人だが、そのあとは一定の寺に属することなく隠遁と回国、勧進に生きた。旅に生きた芭蕉は僧でなく文人だという人もいるが、『禅学大事典』にも記載されている禅僧でもある。親鸞と道元は、ともに比叡山延暦寺を飛び出した点でひじりといえるが、大宗派の祖となった人で、孤独な隠遁とは程遠く、準ひじりといったところか。ただ、親鸞は後半を広く関東への布教に捧げたし、妻・恵信の実家が地方のひじりを仕切っていた気配がある。明恵は九人の中で、ただひとり入山した寺を捨てず正統な修学に徹した人だが、しばしば故郷の庵に遁世したから、やはり準ひじりの一人といえよう。

恋するひじりたち

荷送り上人——教信（七八一？—八六六？）

一、寺を出る

奈良といえば古寺。中でも代表格なのが東大寺と興福寺である。両者とも、創建時は国家の庇護と管理下にあった官寺、それも最上格の官寺だ。東大寺の大仏・盧舎那《るしゃな》仏《ぶつ》は天平十五年（七四三）に聖武天皇の発願によって、天平勝宝四年（七五二）四月に開眼供養。一方の興福寺は、古く天智時代に藤原氏の氏寺として創建された山階寺《やましなでら》が、藤原京を経て移設されたものだ。

大仏の建造は、先進国・唐に追いつこうとする一大国家事業だった。その完成を目の当たりにした朝廷・貴族、それに寺の僧侶たちはもちろん一般庶民に至るまで、これこそわれらが大やまと国の隆昌と心を躍らせたのだったが、その陰で、疑問を感じる者たちがいないわけではなかった。

その一人に、興福寺で法相教学を熱心に学ぶ、まだ十代後半の僧がいた。知恵第一と評されたその僧の名を、教信《きょうしん》という。

すでに大仏開眼から五十年ほど経っている。長老の僧の一人が、声をひそめて語った言葉が忘れられない。

「開眼供養の祭典は、それは華やかで、かつ厳かだった。金堂から南大門までを埋め尽くした人々の数は、一万を越したとさえいわれている。だが、その陰に潜む真実を、だれも語ろうとしない。大事業にいそしんだのは、律令によって徴用された『庸』に従事する、一日数百人ともいわれる人民たちだった」

一日数百人といえば、十年で延べ百五十万人になる。当時の国の全人口が六百万だから、その規模の大きさが計り知れる。

長老は続けて言う。

「大仏の最後の仕上げは、鍍金《ときん》（めっき）だ。天平勝宝四年（七五二）三月に開始され四月には開眼だから、一カ月の突貫工事だった。鍍金には百斤《きん》（六十キロ）の金《こがね》と五百斤（三百キロ）の水銀《みずかね》が使われた。その水銀で、多大の人民たちが犠牲になったのだ」

金を像の表面に固着させるためには、水銀と混ぜて糊状の合金を作り、これを表面に塗った後、高温で水銀を蒸発させる。だが、水銀は猛毒だ。小仏像なら、その辺に飛び散るだけで済むが、五百斤もの大量になると話が違う。労働者や近くに住む民衆は、水銀の蒸気を吸い、あるいは冷やされて降ってくる水銀の雨にさらされることになる。その犠牲については、一切の記録が残されていない。

橘奈良麻呂は、それを声に出した一人だった。

「こんな巨大な像を作ることはない。仏教を広めるためなら、小さな仏像を数多く作るほうがはるかにいい」

だが彼の声は抹殺され、ほとんどの者は黙するのみだ。

教信は思う。

人民が重税に徴用に、毒害に苦しんでいるというのに、寺の僧侶たちは国から生活保証と治外法権の待遇を受ける一方で、ひたすら鎮護国家を祈願し、朝廷や貴族たちのために寺を建て、行法を行っている。国の安泰と繁栄は、それはそれで大事なことには違いないが、釈尊の教えは、そうではなかったはずだ。

以前から彼の頭に、行基《ぎょうき》という僧が居座っている。

行基は、天智称制七年（六六八）から天平勝宝元年（七四九）までこの世にいた人だ。飛鳥寺で修行したのち、民間伝道と社会事業に身を投じた。近畿一円を歩き、寺を建て、池を掘り、橋を架けた。その数、寺四十九院のほか、池が十五、橋が六、港が二という。

寺を離れた行基は、僧尼令《そうにりょう》によって破門を言い渡される。僧尼令とは、律令の第七に規定された法令で、僧侶の資格を厳密に管理する政令だ。

しかし彼は一歩も動ぜず、社会事業に専念する。そのまわりには文殊菩薩の再来と慕う弟子が多数集まり、行脚や工事に従った。政府の恐れたのは、その集団が国に反旗を翻すことだが、統制がかえって逆効果になることを考え、むしろその人脈を利用することを思いつく。行基を大僧正に任命して大仏の勧進役にしたのだ。たちまち彼は必要な資金と金、水銀を集め貢献したが、開眼を見ることなく、その三年前にこの世を去った。

十九歳の春、教信はついに寺を出た。

どこというあてもなく、行基を心に慕って寺を飛び出したものの、土木の知識を持ち合わせているわけではない。仏道を説きながら、細々と農民の耕作や治水の手伝いなどして諸国行脚をするうちに、三十年近い月日が流れていた。

どこをどう歩いて来たのだろう。ある日、教信は信濃の善光寺の門前に立っていた。

善光寺は、そのおよそ二百年前、本田善光という人が三国（天竺、百済、日本）伝来の一光三尊弥陀如来像を自宅に奉じたのが始まりと伝えられる。一光三尊とは、阿弥陀如来と、その左右の観音菩薩、勢至《せいし》菩薩が一つの光背の中に立っている像で、開基以来、秘仏としての扱いが貫かれている。

仁王門の前は長い参道だ。参詣者の多くは僧尼姿の老若だが、近所の農民らしい人たち、馬に乗った公家や武士も混ざっている。仰ぎ見るような山門をくぐると、目の前に五重塔がそびえ、その背後に堂々とした本堂があった。

本堂に入る。興福寺の本堂をしのぐ広さだ。そこにも多くの僧俗が出入りし、一心に礼拝している。教信もその一団に加わり、五体投地の礼を捧げる。

読経ののち、しばらく瞑目を続けているときだった。突然一光三尊が眼前に現れ、こう告げたのをはっきりと聞いた。

「ひたすら西方に旅するがいい。そして人々に、一心に南無阿弥陀仏と唱え、私に帰《き》依《え》することを勧めよ」

それだけを告げると、阿弥陀如来は目の前から去った。

雷に打たれたように、しばらく放心していた教信はわれに返って気づく。そうだった。私はなにも行基の真似をすることはなかったのだ。ただ南無阿弥陀仏を唱え、日々を希望と感謝のうちに送る。そのことを衆生に広めよう。

頭の中に、一条の光が射した。頭の中だけでない、すぐ目の前にも、暗い須弥壇《しゅみだん》の厨子にも、光を感じた。三たび礼拝して本堂を出、足に草鞋をしっかりと締めたそのとき、西の空に紫色の雲が立ち込めるのを見た。

二、賀古の上人

一光三尊のお告げに従って西へ西へと歩むうち、教信は京に到達する。思い出の詰まる奈良の平城京が、ここ平安京に遷都されたのは、ほぼ三十年前、ちょうど教信が寺を出たころであった。いまや都として盛んな賑わいを見せる町を通り抜け山陽道を進むうち、猪名川に出る。

渡し舟で川を越えたところで、大きな池のほとりに出た。行基が開発した昆陽《こや》池だ。すぐそばに、やはり行基が造立した昆陽寺の、朱色も鮮やかな山門が見える。池の周囲に広がる猪名野一帯には、池の恩恵を受けて豊かに育った稲が青々と続く。いまさらのように、行基の残した業績に感服しつつ、さらに西へと歩を進める。

民家に立ち寄っては食を乞い、宿泊を願う。どこのだれだとののしられ、蹴飛ばされるように追い散らされたこともしばしばだ。そんなときは神社や寺の縁の下、あるいは大木の下で野宿する。

やがて摂津と播磨の境界を示す道しるべを過ぎ、小高い丘を過ぎたあたりまでやって来た。目の前に印南野《いなみの》と呼ばれる平地が広がる。道の近くには田、遠くにはそれほど高くない山並が望まれる。その間は一面の草原だ。その中をまっすぐに貫く道を行くうち、こんもりとした竹藪が、さらにその彼方に瓦葺きの建物が見えてきた。賀古の駅《うまや》に違いない。

そろそろ日は暮れようとしている。きょうはこの辺で休もうと思ったそのときだった。教信の行く手に、まばゆいばかりの光が射すのが目に入った。

何事かと見つめる目の前で、光の中にはっきりと仏の姿が浮かび上がる。阿弥陀如来だ。金色に光るからだ、両手は与《よ》願《がん》施《せ》無畏《むい》の印相を示している。その背後には、これも金色に輝く二十五体の菩薩が雲に乗って、如来に従っている。善光寺での示現に匹敵する衝撃を受けた教信は、とっさに地面にひれ伏す。

「教信よ。あなたの信仰はますます正しく、ますます固い。この地に留まり、自らの信仰を広くみなに伝えよ」

空から響く、鐘のような声。教信はあらためて怖れをなし、からだを震わせる。

阿弥陀如来はお告げを与えたあと、西の方へと消えて行った。なおもしばらく、彼はその場に伏し尽くす。

あくる日、お告げに従って駅の北の空き地に、ささやかな草葺きの庵を組み立てる教信の姿があった。それを見て、何人かの村人たちがいぶかしげに集まってくる。ことの次第を聞いた人々が、庵の建設に協力を買って出た。材木を運ぶ者、藁を寄付する者、三日のうちに庵が完成した。

その日から、昼夜を分かたず、庵の中で南無阿弥陀仏を繰り返し唱える声が、竹藪にこだまして聞こえてくる。聞いた村人たちは、いつのころからか教信を「阿弥陀丸」と呼ぶようになった。


天気の良い日は、田に出て農作業を手伝う。

真夏の草取りは、最も過酷な仕事だ。泥につかり、ヒルに吸い付かれながら、草の一本一本を抜いて行く。五十歳を超えた教信に、腰を曲げたままの作業は厳しい。

水不足は、農業にとって致命症だ。教信は、駅の近くに池を掘ることを思いつく。村の若者たちと汗を流し、かの行基の事業を思い出しながら、見よう見まねで池を掘る。半年の歳月をかけて完成した暁には、村の人々と祝杯を挙げる。このとき教信は、寺での読経や修学では味わえない喜びに浸る。

池は、だれ言うことなく、「駅《うまや》の池」と呼ばれるようになった。

農耕に協力する一方で、教信は目の前の駅にしばしば出向き、荷物を背負う人々を手伝った。

賀古の駅は、山陽道の中でも有数の規模で、馬四十匹が置かれていた。ほぼ古代の三十里（約十六キロ）ごとに置かれた駅は、行き交う人々の休憩・宿泊と、官吏の馬の交換のため、それに治安のためにある。山陽道のような大道の駅の馬匹は、原則として二十匹だったから、賀古駅の大きさが知れる。

そこには朝から、公文書を搬送する官吏、租税を納めに行く者、さらには一般の通行人など、大勢の人が詰めかけている。人の群れの中に、大きな荷物を背負った女性や老人を見つけるたびに、彼はその荷を肩にし、東の次の駅、和坂《かにがさか》（明石）まで運搬を手伝う。人々は、その姿を見かけるたびに手を合わせ、「荷送り上人」と呼ぶようになった。

そんな日々を過ごすうち、早くも十年の歳月が流れた。春もうらら、印南野の空にひばりがさえずる日だった。いつものように、旅人姿の男の荷を背にした教信のもとに、一人の女性が声をかけてきた。

「荷送り上人さま、私にも手伝わせてください」

見れば、年のころ三十前後。木綿の単衣を造作なく着た、土地の人と思える。髪は後ろで簡単に束ねられている。

「ありがとうございます。でも、これは私の仕事です」

「以前から、黙々と荷運びをされる上人さまの後ろ姿に、手を合わせておりました。でも手を合わせるだけでは、なんの役にも立たない。力仕事のできない女ですが、少しくらいの荷物ならお手伝いできるのではと」

教信は、戸惑いながらも「それでは」と、旅人が両手にする包みの一つを取って、女性に渡す。

「申し訳ございませんのう」

と、旅人が恐縮する。

印南野を横切った先には、小高い丘がある。ここがちょうど和坂までの中間点だ。右手に海を望みながら、ゆるやかな傾斜を下り、再び田畑の中を抜ければ、和坂はもうすぐだ。

女は帰途も教信に寄り添って歩いた。驚いたことに、賀古に帰り着いたのちも教信に添って庵に入り、小さなかまどを見つけると、そこで米を炊き出した。

西の木立を通して、傾く日が部屋に届くころ、米飯に味噌をつけただけの食事が始まる。

「これはかたじけない」

思えば何十年ぶりかで口にする、人に作ってもらった暖かい飯の味だ。思わず、涙が一筋、頬を伝う。これこそが、人の味、人の心の味だ。

翌朝も、その翌朝も、女性は庵にやってきた。ときには数少ない下着や衣を洗って干す。

「名は何とおっしゃるかのう」

教信が初めて名を問い、彼女がはにかむように答えたのは、一週間たった日の朝だった。

「ここから見える、あの竹藪の向こうで生まれましたので、竹女《たけめ》と申します」

「いや、それは違うだろう」

彼女は、いたずらっぽい笑みを見せながら答える。

「お分かりになりましたか。実は、五月女《さつきめ》と申します」

美しい名だ。教信も思わず笑みを浮かべる。竹藪の向こうというのは、嘘だろう。五月女というのもどこまで真実かは分からない。しかし彼はそれ以上を問わないことにする。自分だって、もはやどこの生まれ、どこの育ちなど関係のない身なのだ。一人の仏の子。それで充分だ。

名を聞いたその日から、彼女を「さつきどの」と呼ぶことにする。それは、一カ月もたたないうちに「さつき」に変わっていった。

田植えを手伝った、ある日のことだった。思いのほか作業が長引き、庵に帰って来たときは酉の刻（午後六時）を過ぎていた。濡れた草履を脱いで中に入ったとき、教信の顔に驚きが走った。そこに、彼の帰りを待つさつきの姿があったのだ。

「どうしましたか。もうとっくに帰られたのかと思っていたのに」

「いいえ、上人さまと夕餉をともにしなくてはと、お待ちしておりました」

かいがいしくさつきは椀に飯を盛り、別の椀には汁を注ぐ。

夕食をとり終わり、さつきが椀と箸とを片付けたあとだった。教信の前に正座したさつきが、こんなことを口にした。

「お尋ねしたいことがあります。母から聞いた話では、女は生まれつき五つもの障《さわ》りがあり、成仏することができないとのことですが、それは本当でしょうか」

しばらく沈黙し言葉を整えてから、教信はゆっくりと話し出す。

「そう説く人もいます。しかし私は、そのようなことはないと思っています。聖徳太子が信奉された法華経の提婆達多品《だいばだったぼん》には、女性は梵天や仏心など五つの悟りの地位を得ることができないと、たしかに書かれています。しかしそのすぐあとに、八歳の女の子が悟りを得た物語が続きます。また阿弥陀様の教えを説く無量寿経には、如来の立てた四十八願の三十五番目で、女人の極楽往生を願っているとあります。一念に南無阿弥陀仏を口唱《くしょう》念仏すれば、男女を問わず、必ず極楽往生できます」

いつになく真剣なまなざしで聞いていたさつきの目がうるむ。

「ありがとうございます。お優しい言葉。私を……」

言いよどんだあとの言葉は、きっぱりとしていた。

「私を、ずっとおそばに置いていただきとう存じます」

深々とお辞儀をするさつきを見つめる教信の目にも、僧としての慈しみを超えた、人の情がにじむ。

「さあ、私と一緒に、心を込めてお念仏を唱えましょう」

西に向かって合掌し、繰り返し「南無阿弥陀仏」と唱える二人の声が、いつまでも続く。

その夜、教信は六十に近い歳にして初めて、女体に触れた。

後悔はなかった。すでに自分は、戒律を守る立派な僧侶ではない。田の仕事を手伝い、旅人の荷を負う一介の凡夫だ。比丘《びく》でも沙弥《しゃみ》でもなく、ましてみなが呼んでくれるような上人ではない。

代わってそばには、ともに阿弥陀仏に帰依し、念仏を唱えるさつきがいる。二人で心と力を合わせ、村の人々と一緒に労働に汗をかく。その生きかたには、貴族たちのために加持祈禱したり、細かい経典の解釈を議論したりの、興福寺にいたころの生活にはない、身が震えるほどの喜びが満ちている。

四十年前、寺の長老が声をひそめて語った大仏建造での民衆の話が、教信の脳裏をよぎった。


あくる日の印南野は、天も地も輝いていた。植えたばかりの稲田は一面の緑、空は雲一つない紺碧である。その日の荷送りは、教信にとって忘れられない一日となった。

朝、いつものようにさつきと一緒に来た駅の前で、大きな荷を背負い、両手にも包みを下げた老女を見つけた。すぐさま駆け寄り、老女から受け取って背負った荷物は大きく重いはずなのに、軽く感じられる。

「おばあさん、きょうはどちらへ」

「難波《なにわ》に嫁いだ娘と孫に会いに行きますじゃ。娘ももう四十を過ぎました」

いつもはあまり旅人とは交わさない会話も、きょうは快く弾む。

東へ向かって歩み始めて間もなく、広々とした印南野に出る。その中を、道は一直線に貫いている。

ときおり、背後から馬が疾走して来る音が聞こえる。何かの知らせを中央に伝える伝馬だ。幅五間（約十メートル）の広い道路といっても、こんなときには端一杯によけないと危ない。

やがて平地から丘陵地帯に入る。左右の林に囲まれて、道は薄暗くなる。だれが建てたか、ところどころに石の地蔵像が祀られている。そこを抜けると再び視界が開け、頂上といっては大げさな、小高い地点に着く。ここはいつも小休止をとる場所だ。路傍の石に腰かけ、教信は額ににじみ出た汗を拭う。

さつきもいつになく饒舌になって、老女に語りかけている。

「ここにはむかし、小さな駅があったそうです。それを廃止して賀古の駅に統合したので、馬が四十匹もいるのです」

続いて彼女は、峠を五、六十歩下ったところに老女を案内する。

「ごらんなさい。ここから海と淡路島がきれいに眺められます。何度見てもすばらしい景色です。むかし、西国の守りに行く者、遣唐使として赴く人たちはこの海峡を通り、離れ行く大和の方角を振り返っては別れを惜しんだことでしょう」

そんなおしゃべりをするさつきが、教信はいとおしくてならない。彼女と一緒になってまだ間もないが、これから先、六十を超え、さらに七十を超えれば、荷送りも難しくなり、さびしくもなろう。さつきは、替えがたい自分の支えだ。

「では出かけましょう。和坂までもう一息ですよ」

再び大きな荷物を背負う教信、片手にそれぞれ包みを持つ二人の女性が、東に向かって歩き始める。

三人のそばを、また速足の馬が駆け抜けて行った。

三、カラスの群れ

貞観八年（八六六）八月十六日の朝。

日が昇る前から、こんもりとした竹藪の上空が、異様にやかましい。たくさんのカラスが群れをなして舞っているのだ。その下では、数匹の野犬が、けたたましく吠えている。

五十歳を超えたさつきが、朝から一人の亡骸の前で、泣き崩れている。その亡骸に犬が噛みつき、カラスがつつこうとしている。

そこへ、旅装した一人の僧がやって来て、泣き伏しているさつきに向かって、声をかけてきた。

「私は、摂津は箕面の山奥にある勝尾寺という寺から来た勝鑑という者です」

さつきは、やっと顔を上げる。

「何があったのでしょうか」

という僧の問いに、彼女はか細い声を振り絞って答えた。

「ここにいるのは、二十年間付き添ってきた私の夫、教信です。きのう、八十歳をもって亡くなりました」

「この男の子は」

「私の息子です」

そうでしたかと言って、僧は数珠を取り出し、読経を始める。

終わって、問うた。

「どうしてまた、こんなところで」

「死ぬ間際に夫は申しました。『自分の死後、亡骸を野の動物たちに与えてやってほしい』と」

「実は昨夜、私の師である勝如からこんな話を聞いたのです。仲秋の満月の中、師の庵の柴戸をたたく者がいる。師は二十年来、無言の行を修しておりましたので答えるわけにいきません。咳ばらいをしたところ、不思議な声が聞こえてきました。『私は播磨の国、賀古に住んでいた教信という者である。年来、極楽に往生することを願って念仏を唱えて参ったが、本日、願いかなって往生することができた。あなたもひたすら念仏するならば、必ず往生できるであろう』。それで師は無言行をやめ、直ちに私に賀古と呼ばれる場所へ行き、本当に教信なる念仏僧がいたか確かめて来いと言われたのです」

話を聞いていたさつきが、袖で涙を拭い、ようやく口を開いた。

「夫は、昼も夜も念仏を唱えておりました。往生することができたとお聞きし、私も本当にうれしいです。残された私どもも、これからも毎日を念仏とともに過ごしていきます」

あらためて二人は亡骸の前で手を合わせる。

「私は急いでこのことを師に報告しなければなりません。これにて」

「遠いところをありがとうございました。それにしても、なぜ夫は勝尾寺さまへ現れたのでしょうか」

「それは私にはわかりません。私どもの世界とは違うところでの出来事です。だれにもわからないでしょう」

そんな返答を残して、僧は去って行った。

さつきは思う。

二十年といえば、長いようで短い。夫、教信のおかげで女の私も、念仏一筋に生きれば往生できる確信ができ、それを支えに農民や旅人たちの手助けもしてきた。七十歳を過ぎてからは、さすがの教信も体力が衰え、それに応じて淋しさも口にするようになって私の方が支え役に回ったかたちだったが、これも仏縁だろう。いずれ私も阿弥陀さまのお迎えにあずかる日が来ようが、それまでこの子とともに、いままで通りの生き方を続けよう。

気がつくと、犬もカラスも、どこかへ去っている。食べられるところは食べ尽くしてしまったのだろう。

さつきは、あらためて夫の遺骸を見る。

はっと驚いた。頭部だけが、一つの傷もなく残っている。

その顔には、念仏を唱えていたいつも通りの、穏やかな表情が浮かんでいた。

四、教信を歩く

私が教信というひじりを知ったのは、その十年前に企業を定年になったあと、あるボランティア活動をしているときだった。

仲間の一人から一遍上人に関する本をもらった。家も寺も名誉も捨て果てた彼の生きかたに驚愕し、それが十年続く「ひじり」探訪の端緒となったのだったが、その一遍が心を込めて尊敬していたのが、教信だった。諸国行脚の途中にはゆかりの寺に立ち寄った上、「教信が止めるから」と一泊までしたと知った。

調べてみると、その寺（現・教信寺）が私の住むところからＪＲの駅で三駅しか離れておらず、また彼が旅人の荷をかついで歩いたという道が、自宅のそばを通っているらしいとわかって、二度驚いたのだった。

さっそく私は教信寺を訪ね、彼が歩いた道をたどろうと思い立ったのだったが、ちょっとした疑問が一つ浮かび上がった。

私の家の近くを通っているという道は、西国街道といわれる道だ。教信のころにはすでに山陽道という幹線道路が完成していたが、この「古代山陽道」と「近世山陽道」である西国街道とは必ずしも一致していないらしいのだ。

しかし、それほどかけ離れているわけでもないだろう。西国街道で充分ということにして、春の到来を待った。

教信の賀古庵跡とされる教信寺

朝、テレビが大阪城のソメイヨシノが開花したというニュースを伝えている。「よし、きょうだ」とばかり身支度をし、JR山陽本線へ急ぐ。七十歳手前のころだ。

東加古川駅で電車を降り、十分ほど西へ行ったところに、教信寺があった。山門をくぐったとき、腕時計はちょうど九時を示していた。

まずは正面の本堂で道中の安全祈願を祈願し、ついで教信廟とされる古い五輪塔前で合掌をする。塔は高さ二メートル、堂々とした姿だ。説明には、これは鎌倉末期の様式なので、そのころに寄進者が建立したものではないかとある。

お参りを済ませ境内を出ると、目の前に「西国街道」という標示があった。東西に走る国道二号線に沿って、その北側を通る小さな道だ。これが教信の道とは即断できないという思いが頭をかすめるが、そのまま東へと歩を進める。

こんもりした森がある。中に神社があって、むかしの風景と思わせるが、すぐに大きなスーパーマーケットの建物に当たってしまった。それでもスーパーを通り抜けたところに、五輪塔と一里塚の名残があって、たしかにこのあたりに街道があったと思わせる。

このあとも、時代を思わせる風景と現代の姿とが、入れ替わるようにして現れる。賑やかな東加古川駅前を過ぎたあとに、黒壁の古い家や火の見櫓が残っていたり、小さな八幡宮を過ぎると車の往来が激しい国道二号線に合流したりといった調子である。何度も国道や線路に出合ったり渡ったりするので、街道が曲折しているかのように思うが、実は逆で、あとから出来た国道や鉄道のほうが曲がりくねっているのだ。

東に行くに従って、町名が平岡、土山と変わって行く。教信のころは、それぞれ農村の中の小さな集落だったのだろう。

土山の辺りには、黒壁の古い家が点在している。土山駅前に、とりわけ大きな家があった。興味をそそられて、一角を借りているらしい果物屋のおばさんに聞けば、ひとむかし前は角屋という旅館だったとか。今でも富山の薬商人が泊まって行くという。商店街を過ぎると、急に視界が広がった。この辺はかなり田畑が残っていて、おそらく教信のころには、どこまでも続く田畑か野原だったろうと想像させる。畑の中にぽつんと宝篋印塔様の高い塔が立っているのも、印象深い。

やがて小さな川を渡る。このあたりから田畑が途切れ、道は木の多い丘へと上って行く。寺、神社が続き、道端には、教信寺のそれに匹敵する立派な五輪塔が現れる。水輪が大きいのは南北朝時代の特徴と書かれている。

丘の頂上、長坂寺に着く。寺の名でなく、地名だ。調査によると、ここは奈良時代の瓦が多量発掘された所で、駅《うまや》の跡とされる。つまり古代山陽道も西国街道も通っていたことが間違いない重要なポイントの上、幸か不幸か不便な奥地のため未開発のままで、道の両側に池があり、荒地や笹藪が残っている。

あとは下り坂である。少し下りたところから明石方面が一望できる。海の向こうには淡路島も見える。旅人たちはここで一休みして、もうすぐ和坂、そして明石の駅だ、さあもうひとがんばりと思ったに違いない。

坂を下ると正覚寺という寺があり、さらに進む先が三差路になっていて、「左大（原文ノママ）山寺道」と刻んだ大きな石標がある。おそらく左へ道を取れば伊川谷の太山寺を経て山越えで神戸方面に出、右へ行けば明石、大蔵谷を経て海岸伝いに神戸に出る。海伝いは比較的平坦で歩きやすいが、山がほとんど海に迫っている一の谷あたりで、追いはぎに遭う恐れがある。かといって、山の道も山賊が現れる危険がある。旅人たちは、ここで山道か海岸道か迷うこととなる。

私は和坂を目指しているから、右の道を選んで、歩みを続ける。やがて大久保。工場にいったん道が寸断され、国道に出てから、また旧道に入る。

ちょうどこの辺が、わが家に一番近いところだ。山を削って開発した団地に申し込み、少ない貯金をもとに「狭いながらも楽しい」マイホームを新築してから三十五年が経つ。あのころ私は中堅サラリーマンとして忙しい毎日を過ごしていた。上の子は読めるようになった絵本に夢中になり、下の子はよちよち歩きをしていた。私も妻も、何をすべきかがはっきりしている上昇機運のときだった。いまは仕事を離れ、子どもも結婚して手を離れ、夫婦ともこれからどう生きるのか模索中だ。そんな中で、ひじりの生き方に魅力を発見し、その足跡を追っている。どういう結果になるのか、まだ見当もつかない。

ここでちょうど正午になった。三時間かかった計算だが、途中写真を撮ったり、人と話をしたりした。昔の人は健脚だったに違いないから、二時間くらいの道程だろう。ゆっくり昼食をとってから、ＪＲと国道の間にはさまれた旧道をさらに進む。この辺も古代山陽道と西国街道とが一致している地点だが、今は人家が密集していて田畑の類はほとんどない。本陣であったという立派な家が、往時の姿のまま残っている。

再び国道と合流したあと、西明石に出る。私が家を建てたころこの周辺はまだ田圃で、ど真ん中に大きな藁葺き農家があった。山陽新幹線が通ってから、その様相が一変する中で、小さな森だけが残っている。我松寺と三社神社だ。

新幹線の駅の前を東進したのち、国道を横切り、北側の細い道を行けば、やがて和坂。どの地点が教信たちの目指した場所かはわからないが、この地では有名な坂上《ばんじょう》寺《じ》に着く。

坂上寺は文字通り坂の上にあって、境内からは明石城が遠望出来る。墓地には五輪塔や宝篋印塔があって、古い歴史を印象付けている。本堂で無事到着を感謝する。

教信寺から和坂までJRの駅《えき》にして四つ、およそ十六キロである。駅《うまや》の間隔は古代の三十里、いまの十六キロに相当するというから、ぴったり一致だ。

坂上寺到着は午後二時ちょうど。昼食後の後半は一時間半ほどかかっている。教信は定年を越した私とほぼ同年齢だったと思われるが、彼は毎日のように歩いた健脚だから、全部で三時間ほどではなかったか。それでも、荷をかついでの往復は、ほぼ一日の仕事だったことになる。

帰りはバスにする。国道二号線がJR線の上をまたぐあたり、川崎重工の前に和坂という停留所がある。そこでバスを待っているあいだに、こんなことが思い浮かんだ。教信が旅人の荷を背負い、一緒に歩いた意味は何だったのだろう。単に荷物が重いから助けてあげた、それだけではなさそうだ。

教信の時代からあとにできたお遍路さん。その巡礼に歩く人々が信じるのは同行二人である。お大師さんと二人で歩く、いつもお大師さんがそばに寄り添っていてくれる。教信は、それと等しい行いを、身をもって実践したのに違いない。

慈悲に、何の理屈も要らない。慰めや励ましの言葉さえ、ときには白々しく聞こえるときがある。ただそばにいてくれる。もうそれだけが、すべてである。おそらく教信は、そのことを、寺を出るときから心に焼きつけていたのであろう。

バスの中で、春の太陽が西に傾きかけてきた。

阿漕《あこぎ》の浦——西行（一一一八—一一九〇）

一、友人の死

長承三年（一一三四）、鳥羽上皇、崇徳天皇の御世に、藤原北家につながる名門、閑院流の徳大寺実能《さねよし》のもとに一人の若武者が出頭した。名を佐藤義清《のりきよ》といい、元服したばかりの十六歳。見るからに初々しいその姿を気に入った実能は、さっそく彼を従者とする。それからというもの、実能が義清を従えて参内するたびに、公家たちや武士たち、それ以上に官女たちの評判に上がった。

翌年には、鳥羽院御所の北面の武士に抜擢される。

そのころ院御所は、鳥羽離宮と呼ばれる、羅城門から朱雀通を南へおよそ一里延長したところにある広大な宮殿にあった。当時は鴨川と桂川が合流する地点で、淀川から舟で上がって来た人々が、京に上がる入口でもあった。

北面の武士とは、邸の北面を警護する武士たちの一団で、家柄が問われるだけでなく、文武両道にたけ、さらには容姿端麗の者だけが選ばれていた。若き選り抜き集団である。

義清は、実能と同じ藤原北家につながる佐藤氏に生まれた。氏祖は曾祖父の公清《きんきょ》で、代々の名に清《きよ》がつく。祖父の李清《すえきよ》も父の康清も、従五位下左衛門尉《じょう》（内裏警護隊の三番目の長）まで上がった家系である。代々武芸をよくし、義清も幼いときから弓矢の法を学んでいた。一方、母方の血筋は蹴鞠に巧みで、彼も当時の名人から妙技を伝授してもらっていた。

天皇の崇徳も義清をいたくお気に召し、ときどき開かれる紫宸殿前での弓技の会や蹴鞠の会には、必ず彼を招いた。その一方で、義清は家にある漢詩や和文の書を読むのが好きで、和歌にも秀でていた。

ある日、友人の一人が言う。

「君はすごいなあ。弓も蹴鞠もうまいし、和歌もできる。すっかり院にも帝にも可愛がられている。帝の住まわれる清涼殿の夜警も、しばしば仰せつかっているらしいじゃないか」

だが義清の返答は意外だった。

「私は、本当は武術が苦手なんだ。もっと巧い人もたくさんいる。それに、自分の力も上からのご信頼も、どこまで続くか分かりゃしない。この世は無常なのだ。お経にも書いてある。人の栄華などは、いずれ過去のものとなる。王位も妻子も珍宝も、死ぬときに持って行くことはできないし、だれ一人ついて来てくれるわけでない。ただ一人で黄泉におもむくのみだって」

彼の無常観が、いつごろどうやって生まれたのか、自分でも分からない。「いつのまにか」、「なんとなく」としか言いようがないが、十歳ごろから花を見てはいつか散る、月を見てもいつか沈むと、美しさよりもはかなさを感じるようになっていた。

そのころ宮殿内に、どこか不穏な空気が漂い始めていたのも、繊細な彼の心情に影響していたかもしれない。当時、延暦寺や興福寺の僧徒がしばしば騒ぎを起こしていて、これを鎮圧するために、朝廷は源平の武士を派遣、その功が重なって、武士勢力がのさばり始めていたのだ。

保延二年（一一三六）、義清は十九歳に達し、結婚する。相手は十六歳、やはり藤原氏出身の才媛だった。

折しもその年、鳥羽離宮の大改装が行われ、秋十月にお披露目の宴が盛大に催された。

名だたる絵師によって描かれた襖絵が取り巻く広い部屋に、歌にかけてはいずれ劣らぬ名手たちが集められる。絵を前にして、その場で印象を歌にして競い合うのだ。もちろん義清もその中の一人だった。

絵を見ながら腕組みをする者、空を見上げ紙にしたためては消す者、それぞれが頭をひねる中、彼はたちまち全十枚分の歌を作り上げた。

たとえば、

春の雪積りたる山の麓に、
河流れたる所を描きたるに、

降り積みし高嶺の深雪解けにけり清滝川の水の白波

ことのほか感服した鳥羽院からは、褒美として錦の袋に入った名剣を、また中宮の待賢門院《たいけんもんいん》からは十五枚襲《かさね》の衣を授かった。衣を肩にかけて退出する義清に、うらやましげな貴族たちの視線が注がれる。

家へ帰れば、親類縁者総出で出迎え、ただちに盛大な祝宴が始まった。

ご下賜の剣を父に、衣を母に差し出すと、両親も若妻も感極まって涙を落とす。酒盛りが進むに従って、「これぞ佐藤家の誇り」とばかり踊りや歌謡も入って、賑わいは最高潮を迎える。

やがて宴は終わる。客たちが帰り、侍女たちが後片付けを終えると、家の中に静けさが戻った。

妻があらためてお祝いを述べ寝室に退く。あえて一人になった義清は、空に浮かぶ月を眺めながら、宴のあとに必ず訪れる、空虚な心に包まれる。

——名聞・利養は悪道の因縁、妻子・所従は生死の絆。〈評判だの損得だのは仏の道から遠ざかり、悪い道につながる因縁だ。妻子も部下も、生死の理を悟るための足

かせとなる〉

こんな毎日を過ごしていては、ますます現世の苦楽に埋没するばかりだ。早く出家をして「生死の絆」を断ち切らねばならぬ——。

一度はその気持を院に奏上もしたが、一蹴された。それどころか、祖父や父と同じ左衛門尉の地位を、若くして与えられる。女児も生まれ、その可愛さにほだされて現実の一日一日が過ぎていく。

まどひつつ過ぎけるかたの悔しさになくく身をぞけふは恨むる

そんな迷いの日々を送るうち、四年の歳月が経った。

よく晴れた春の日、義清は、親友の佐藤憲康《のりやす》に呼び掛けられる。

「ちょっと蹴鞠でもやらないか」

憲康は義清の二歳年上だったが、遠い親戚に当たる上、同じ左衛門尉、しかも蹴鞠好きの仲間だった。彼はさっそく同意し、庭で二人だけの遊戯が始まった。

「ヤー」「ホーイ」

ときどき上がるかけ声が、庭に響く。何事かと見物に現れた女房たちが、方向違いのまりがうまく拾われるたびに、歓声を上げる。

一汗かいたあと、憲康が言う。

「やあ、楽しかった。きょうも一緒に帰ろう」

院御所から、二人の邸がある七条大宮までは遠くない。御殿の門で落ち合った二人は、肩を並べて歩き出す。

心が通い合う友に、憲康が話しかけた。

「私は毎日が楽しくてならない。仕事も順調だし、家庭にも恵まれている」

義清が答える。

「私も今の仕事に誇りを持っている。院からのご信頼も有難き光栄と思っている。だけど実は、以前から不安というのか、はかないというのか、そんな気分がしてならないんだ」

「そうか。私にもそういうときがあることはある」

「出家したいと思っている」

突然の義清の言葉に、憲康は驚いた表情で見つめる。

「何もそこまで。すばらしい奥さんもいるし、可愛い盛りの娘もいるじゃないか」

「それだ。それこそが私が決心できないしがらみなのだ」

憲康の屋敷の近くに来る。

「じゃ、またあした誘ってくれ。あんまり深刻に考えるな」

翌朝いつものように太刀を履き、直垂に立烏帽子の正装をして出かけた義清は、約束通り憲康の家に立ち寄った。

と、どうしたことか、家の前に人がいて何やら騒々しい。

「何かあったのですか」

彼の質問に、一人が答えた。

「ここのご主人の憲康様が、ゆうべ急にお亡くなりになったそうです」

あっと驚く義清は、次の言葉が出ない。

「あんまり深刻になるなよ」と笑いながら励ましてくれた友。その友が今はもういない。残した声が耳によみがえる。

これこそ無常でなくてなんだろう。即座に一首、口をついて出た。

越えぬれば又もこの世に帰りこぬ死出の山路ぞ悲しかりけれ

二、あこぎのうらぞ

待賢門院の女房、堀河局が門院の使いとして義清のもとにやって来たのは、親友の死の悲しみがまだ冷め切らないころだった。

「女院様が、今夜、御所の守護においでになるようにと申されております」

あの、鳥羽離宮での歌会のとき、身に余る褒美をいただいた女院だ。無二の友人を失った私の悲しみを伝え聞かれ、慰めの一言でもかけていただけるのかもしれない。

それとも……。

女院の待賢門院璋子《たまこ》は、康和三年（一一〇一）、権大納言藤原公実《きんざね》と妻・美津子との間に生まれた。義清の十六歳年上である。四歳にして、白河法皇に寵愛されながら子どものできなかった祇園女御の養女に引き取られる。まさにそのときから、彼女の波乱の生涯が始まった。

白河法皇の異性にかける愛情の異常さは、つとに有名であった。宮中の女性に目をつけると、すぐにお呼びがかかる。女性ばかりでない。若い男性にも声がかけられた。法皇は、あまりにも可愛い璋子を、祇園女御そっちのけで溺愛する。昼は常にそばに置き、ときには衣の中にいれて甘えさせ、夜にはともに寝ながら、愛撫する。彼女が成人したときには、待ちかまえていたように男女の関係を結ぶ。それも毎夜のように続き、日が経つにつれて様々な技巧が加わっていく。

さすがに悔いるところがあったのか、法皇は彼女を、孫の鳥羽天皇の皇后につける。天皇十七歳、璋子十六歳のときだ。だがそののちも関係は続く。十九歳で璋子はめでたく皇子を出産するが、父親は白河法皇だというのが、もっぱらの噂だった。もっともそのとき法皇は六十七歳、あり得るともあり得ないともいえる年齢である。

保安四年（一一二三）、わずか五歳の皇子が崇徳天皇として鳥羽天皇のあとを継いだあと、彼女は門院号を賜り、同時に女院と呼ばれることになる。女院と言われるには若い、二十四歳のときであった。

義清がおそるおそる三条高倉にある御所に参内したとき、門院は四十路に差し掛かっていた。

迎えに出た女房が、何も言わず最も奥の間に案内する。障子越しに、畳に敷かれた夜具が彼の眼を射る。やはり警護のためというのは、名目であった。

才色兼備の女性が、小児のころから祖父に近い歳の男性に異常な愛を強いられ、成人してからも続けば、その性は屈折せざるを得ない。もともと、中宮や女御《にょうご》（皇后や中宮の次に天皇に侍る女性）など尊い女性たちの方から、若い青年に声がかかることは常識でもあった。北面の武士たちは、その格好の対象であった。

何もかも知り尽くした女院の性は、ようやく娘から抜き出た程度の妻のそれとは比較にならなかった。優雅でいて刺激的な言葉。次から次へと繰り出される技巧の数々。最高の地位にある女性との交わりとは思えぬ濃密な時間が、めくるめくうちに過ぎた。

早朝家に帰った義清は、夢のような一夜を振り返る。

信じられない。女院の気品におそれをなしつつも、熟した女体を抱く、あの震えるような感覚を、からだが忘れてくれない。

義清は、再び、いや三たび、四たびと会うことを請い、手紙を送る。だが返事はない。

一カ月後にやっと届いた返事を、胸ときめかしながら開く。だがそこには、たった一言。

「あこぎのうらぞ」

伊勢の阿漕《あこぎ》と呼ばれる浦は禁漁区だったが、年に一度だけ漁が許される、たび重なれば人に知られてしまうではないかという意味だ。こんな古歌がある。


伊勢の海あこぎが浦に引く網もたび重なれば人もこそ知れ

義清は、返した。

思ひきや富士の高嶺に一夜ねて雲の上なる月を見んとは

絶望の日、義清はいよいよ出家の決断をして帰途につく。

帰ってきた父の姿をめざとく見つけた四歳の娘が、まだ充分まわらない舌で「お帰りっ」と叫びつつ駆け寄り、狩衣のたもとにまとわりつく。娘の声を聞いた妻も、奥から笑顔で出迎える。

そのとき、信じられないことが起きた。義清が、いたいけな娘を縁側から庭に蹴落としたのだ。

泣き叫ぶ娘、あわてて駆け寄る侍女。呆然とする妻。

出家の決意を固めた彼にとって、もはや家族はそれを妨げる束縛でしかなかった。

三、花の下にて

このあと夜を徹して妻を説得するが、彼女は大粒の涙を流すばかりだ。

袖にすがる妻を振り切った彼は、白み始めた道を嵯峨へと急ぐ。そこには日ごろ尊敬していたひじりがおり、そのもとで落髪を願う。逡巡するひじりの前で詠んだ歌。

世をすつる人はまことにすつるかは捨てぬ人こそ捨つるなりけり

その覚悟を聞いて、ひじりは義清のまげを切り落とす。
鳥羽法皇に対しては、次のような歌を送った。

をしむとて惜しまれぬべきこの世かは身をすててこそ身をもたすけめ

出家した義清は法名を円位、号を西行と名乗って、しばらく鞍馬辺りに庵《いおり》を結ぶ。
そのころのことだ。捨てたはずの妻子が忘れられず、ある日こっそりとわが家を訪ねて覗きこむ。そこでは六歳に成長したわが子が無邪気に遊んでいたが、父親の顔を忘れた娘は、こわい人がいると泣いて逃げてしまった。

世の中を捨てて捨てえぬ心地して都はなれぬ我が身なりけり

父親の顔を忘れてしまったわが子への悲しい思いと、それを捨てきれぬ煩悶とを、素直に歌う。

心からこころに物をおもはせて身をくるしむる我が身なりけり

西行が出家した保延六年（一一四〇）の二年のち、待賢門院は法金剛院で落飾する。法金剛院は、十二年前の大治四年（一一二九）、白河法皇が亡くなった翌年に、彼女が御願寺として再興した寺である。

落飾後の彼女は、三条高倉第へ帰ることなく、ほとんどをこの法金剛院で過ごす。同じ門院である美福《びふく》門院との確執もあった。

ときは移り、三年後の久安元年（一一四五）、娘とし、女とし、母とし、皇后として波乱の人生を送った待賢門院は、四十五歳をもってこの世を去る。

そのころ、西行は洛外を転々としていた。彼女の訃報を伝え聞き、歌を作って堀河局を通じて贈る。門院に仕えていた局は、彼女の没後ただちに出家していた。

待賢門院かくれさせおはせましにける御跡に、人々、又の年の御はてまでさぶらはれけるに、南おもての花ちりける頃、堀河の女房のもとへ申し送りける

尋ぬとも風のつてにもきかじかし花と散りにし君が行方を

その後、西行は伊勢や陸奥などを訪ね、三十歳のころ高野山に入る。ここに庵を構え真言密教を修する日々を送るが、ときどきは京へも出た。

京では、若かったころに察知した朝廷、公家、武家を巻き込む権力争いが、現実のものとなっていた。保元元年（一一五六）の保元の乱、平治元年（一一五九）の平治の乱である。保元の乱ではかつて若き義清が仕えた崇徳院が敗け、讃岐に配流された。同じ年、待賢門院の夫であり、やはり義清の伺候した鳥羽院が逝去、その大葬に参列する。

京の町の様変わり、そして仕えた人々や知人たちの死去。ときの移り変わりにあらためて西行は嘆息し、いくつもの歌を残す。


これや見し昔住みけむ跡ならむよもぎが露に月のやどれる

月すみし宿も昔の宿ならで我が身もあらぬ我が身なりけり

五十四歳になった年の十月、上西門院（鳥羽院と待賢門院との間に生まれた皇女）の発願になる法金剛院内の御堂建立供養が行われ、西行も参加した。

紅葉が盛りの庭園を眺めながら、若いころの門院のあでやかな姿を思い出し、歌を詠む。

紅葉見て君がたもとやしぐるらむ昔の秋の色をしたひて

題に「待賢門院の御時おもひ出でられて」とある。「院の御時」とはいつのことか。十五襲の衣を賜ったときか、あの一夜のことか、あるいはその後のこの寺での出会いのときか。

そのすべてだ。そのすべてから三十年以上、門院の逝去から十年が経っている。

高野山に結んだ庵を拠点にして、西行はさらに旅に出、歌を詠む。北は平泉・中尊寺から南は四国・善通寺に及ぶ。

彼の旅と歌は、のちの人々が共感し、敬愛するところとなった。百年後の一遍上人もそのひとりであり、五百年後の芭蕉もそうだ。無常観が底に流れながら、自然、とくに桜花を歌うことにかけては抜きんでて、花の歌人ともいわれるようになる。

五十年にわたる旅の最後に、西行は摂津・河内の南部、葛城山系のふもとに庵を結ぶ。そこで詠んだ歌。

ねがはくは花の下にて春死なんそのきさらぎのもち月の頃

歌に託した望みどおり、西行が桜の咲くもとで入寂したのは、文治六年（一一九〇）二月十六日のことであった。「もち月」は旧暦十五日、満月の日。釈迦入滅の日でもある。

享年七十三歳。当時としては長寿であった。

四、三つの寺

私は、西行ゆかりの寺を三カ所めぐっている。鳥羽上皇の造営になる安楽寿院（鳥羽離宮の一部）、待賢門院の法金剛院、終の棲家となった弘川寺だ。ところがすべてかなり以前で、まだひじりについても、まして彼らの恋についての関心もなかったころだ。

すべて仏像拝観のためだった。安楽寿院と法金剛院は、ともに定朝様式のすばらしい阿弥陀如来坐像。弘川寺は西国四十九薬師第十三番霊場としての薬師如来像だ。

西行の眠る弘川寺を訪ねたのは、もう十六年も前になる。当時、企業を定年退職したばかりの私は、心の安らぎと日本古来の美術を求めて、関西一円にまたがる薬師如来四十九番を巡礼していた。関西といっても、北は舞鶴、南は和歌山の海南市、東は三重県と範囲が広い。ときには泊まりがけ、ときには車を駆って全部回りきるのに三年ほどかかった。

弘川寺は、大阪府南河内郡、ほとんど奈良県との境に接する葛城山系のふもと、富田林の町からバス三十分の深山に近い森の中にある。役行者が開創したと伝わり、ここにいた空寂という隠遁僧を慕って、西行がやって来たという。

案内書に従って近鉄の富田林駅を降り、金剛バスの乗り場へ行ったまでは良かったのだが、時刻表を見て驚いた。一時間に一本あるかないかなのだ。やっとの思いで境内にたどりついたときには、朝早く家を出るときには晴れていた空から、一滴二滴と小雨が降っていた。

本堂の薬師三尊にお参りしたあとご集印をいただき、道標に従って本堂の右手を上り、小高い裏山にまわってみたところに、西行の塚があった。

塚の脇に、歌の通り桜の木がある。五月の小雨の日とあって、花はもちろんなく人一人もいない。静けさだけが一帯を覆っていたが、春ともなれば満開の花が咲き、花びらがはらはらと墓碑に降りかかって、西行を喜ばすのだろう。

寺の西行記念館には、西行ゆかりの品がたくさん展示されていたが、そのときはざっと見るだけだった。それでも印象に残ったのは、高さ十センチほどの伏見人形だ。桜を見上げる西行のいかつい輪郭の顔に、いかにもご満足の表情が浮かんでいる。おそらくそのような顔を、さっきの塚で毎年見せるのに違いない。

ややひどくなってきた雨に気を揉みながら、帰りのバスを待つ。その中を、ハイカーらしい中年男女の一行がやってきて、簡単にお参りした後、去って行った。

西行は弟子一人も持たなかったから、遺言に類するものが残っていない。遺偈などの書もないが、「願はくば」の歌が、死に臨む彼の真情を、間違いなく表現している。『山家集』の「春歌」に分類されている。

安楽寿院は、京都駅から出る近鉄の竹田駅を降り、南へ十分も歩かないところにあって、四回訪ねている。ここもきっかけは仏像で、薬師如来を一通り拝観した後、阿弥陀如来ばかりを追っていたころだ。カラー図版で見つけた像が金色に輝き、実に美しい。いきなり訪ねてみて事前許可が要ることがわかり、二回目にきちんと予約を取って拝観が実現した。

阿弥陀堂に安置された像は、近世の修復があったのかもしれないが、それにしても金箔の剥落がほとんどなく、全身が輝く様は優美そのものだ。平等院の阿弥陀如来像の作者・定朝の流れを汲んで、表情はおだやかで気品があり、衣文の流れもなだらかである。胸の中央に卍印があるのが珍しい。

保延三年（一一三七）、鳥羽法皇が造営した安楽寿院に納入されたというから、弱冠二十歳の佐藤義清も開眼供養に立ち会い、金色燦然とした仏に心打たれたに違いない。三回目は平成二十年に、所属する仏像鑑賞会「天平会」の一員として参拝したが、そのときには立派な収蔵庫ができていた。

寺の前に、大きな地図があり、当時の鳥羽離宮が描かれている。東は現在の近鉄竹田駅、西は名神高速の京都南インターチェンジ、南は鳥羽殿町を含む範囲に建てられたいくつもの御殿群から想像するだけでも、圧倒される広大さだ。それぞれの御所に御堂が付属していて、安楽寿院は東殿の御堂である。

法金剛院にも二度参詣している。

ほぼ二十年前、園部までの区間をＪＲ嵯峨野線と呼ばれるようになった山陰本線は、二十分に一本の電車が走り、便利になった。京都駅から四つ目の花園駅で降りたすぐ目の前に、法金剛院がある。

この寺は、私が仏像鑑賞会に入って訪ねた最初の寺であった。ここも本尊の阿弥陀如来の拝観が主目的であったが、そのときは、待賢門院が寺を復興したときにこの像を院覚に造らせたものであることなど、知るよしもなかった。いまなお金箔の残る定朝様式の丈六像に圧倒されながら、顔の表情だけでなく、衣文や蓮台の文様に至るまでの詳細な講師の説明に一驚したものである。

十年後の冬の日、寺を再訪した。阿弥陀如来は、はじめて参拝したときは西御堂に祀られていたが、いまは収蔵庫を兼ねた仏殿に移されている。やはり仏さまは古い寺におられるのが似合うのだが、それでも丈六の威容はそのままである。近くで拝観できるだけに、光背や蓮弁の大きさが実感できる。

平安末期の典型的な池泉回遊式浄土庭園には、あらゆる種類の蓮が植わっていて、一斉に花開く夏には早朝から開門され、多くの観光客が訪れる。私は、始めて書いた小説で、この場での写真教室の情景を取り上げた。その意味でも、思い出深い場所である。

創建当初はもっと大きな庭園で、九体阿弥陀堂もあったというから、敷地全体がかなり広大だったのだろう。

ある人は、西行が出家当初、鞍馬や嵯峨に庵居したのは、待賢門院のいる法金剛院

待賢門院の墓所（法全剛院北東側）

が近かったからではないか、ときどきはお忍びで会っていたのではないかという。私はそこまで想像を広げることができないが、世を捨てたはずの彼が、なかなか捨て切れなかったことは事実のようだ。

鞍馬の庵からこっそりとわが家を覗きに行った話は、おそらく実話だろう。後年高野山にこもってからも、堀河院の葬儀に参列したり、法金剛院での紅葉見物に参加したり、他にもしばしば京へ出かけ、その変わりように嘆息をしている。

二月十六日に亡くなる前年の末に、「京へ上りたり」と漏らしたという記述もあるが、私は「京へ上りたし」ではなかったかと思う。死の近いことを覚った彼の頭に浮かんだのは、やはり京であり、待賢門院ではなかったか。

そんな、むかしを捨てきれない西行が、私は好きである。

多くの高僧名僧たちは、煩悩を捨てたといい、過去にこだわらないなどという。だが、そんなに簡単に捨てられ、忘れられるものかどうか。むしろ、捨てようとして捨てきれない身こそ、真実ではないか。その真実を素直に認め、まともに向き合う。西行の心境は、私の心境と、すっぽり重なり合うのだ。

西行の絵巻や伝記では、他のひじり僧たちのようにきちんと師につき、仏道を伝授された形跡がない。彼は正僧というよりは、あくまで文学の道を歩む、永遠のロマンチストではなかったか。

祖先に『俵藤太絵巻』の主人公、三上山の大ムカデを退治した藤原秀郷《ひでさと》がいたとか、荒僧の文覚と対峙してうならせたとかの伝聞をもとに、彼をいかにもたくましい武士とする向きも多いが、実は一生多感な文学青年だったのではないかと私はみる。だからこそ、いつも世の無常を見つめていたし、出家後も月や花を詠み、恋を歌い続けた。『山家集』には千六百首が収録されているが、そのうち恋歌が三百首くらいある。しかもほとんどは、悲しい恋だ。

堂々とした阿弥陀如来を拝観した後、隣接する五位山にある待賢門院璋子の陵墓を訪ねた。受付の男性がすぐ裏ですよというので、妙心寺へつながる道をたどってみたが、陵に入る狭い道がなかなか見つからない。やっと見つけた小路を入ったところに、「藤原璋子花園西陵」と彫られた石碑があった。
八百年を経た今も、彼女は京の方位、東を向いて静かに眠っている。同寺に伝わる肖像画は残念ながら非公開だったが、図版で見ると、尼僧姿の彼女が気品のある顔立ちで数珠を捧げている。賛はない。

西行の恋歌から、門院のことを歌ったに違いない一首。

弓はりの月にはつれてみし影のやさしかりしはいつか忘れむ

行者宿報——親鸞（一一七三—一二六二）

一、吉水入門

建仁元年（一二〇一）、京《みやこ》は荒れに荒れていた。源平の争乱は、十六年前の壇ノ浦での平家滅亡で終結していたが、都落ちする平家郎党による狼藉、入洛してきた木曽義仲軍による略奪や乱暴、その義仲を追い出す源範頼・義経連合軍。朝廷、公家、武家、さらには寺家をも巻き込んだ勢力争いの爪あとは、まだまだ消えてはいなかった。加えて、何年かに一回起きる大火が千軒以上の家々をなめ尽くし、のちには大極殿までが焼失した。赤々と上がる炎が、たれこめた夜の雲に反射する光景は、もはや京に住む人たちの目には珍しいものでなくなっていた。

その時代、北は三条大路、東は東洞院大路、西は烏丸小路に囲まれた広大な一画に、六角堂頂法寺という寺があった。南側は、寺の名を取って六角小路と呼ばれる。

六角堂は聖徳太子の創建と伝えられ、古くから聖徳太子の徳を慕う人々の篤い信仰を集めている寺である。彼らの中には、本堂に参籠して心を鎮め、あるいは自らの生きる道を模索する僧俗も少なくなかった。

その夜も、僧や民衆、なかには家を失った末の野宿と思われる者も混じって、何人もの者が本堂の中にこもっている。その中に、二十九歳になる範宴《はんねん》という僧が、太子を讃える偈《げ》を繰り返し唱える姿があった。

「大慈大悲本誓願、愍念《びんねん》衆生如一子、……」

その日で彼の参籠は九十日を数えている。

思えば、六角堂にこもることを決心し、比叡山延暦寺の別所、大乗院から雲母《きらら》坂を経て京へ下りたのは、山ではまだ雪の深い三月のことであった。

範宴が伯父に連れられて比叡山に上ったのは、九歳のときだ。以来二十年、厳しいことで有名な天台の修行に耐え、師たちの教えを聞き、そしてみずから多くの経典をひもといてきた。それでも、師の教える悟りの境地はなかなか得られない。いまは堂僧という、寺の様々な雑用を仕事とする下層の地位にいる。仕事を忠実にこなしながら、ひたすら阿弥陀如来と一体になる念仏行にもつかえるが、それでも、極楽浄土に生まれ変わる輝かしい希望に満たされることがない。

なぜだろう。自分の行に、怠惰か隙があるのだろうか。

範宴の悩みは、信仰の問題だけでない。そのころの延暦寺には、法を求める真摯な僧ばかりでなく、勢力争いに明け暮れる僧たちも大勢いた。

荘園をはじめとする寺の資金集めも凄ければ、この財力にものをいわせた世俗化も甚だしかった。一部の僧たちは、貴族の法事に招かれては、そのあとの宴で遊女たちとの興をむさぼり、また町にたむろする女たちを相手に、享楽の時を過ごしていた。

このまま山にいて、はたして解脱する道を極めることが出来るのだろうか。二十五年前、同じような疑問にとりつかれて山を下りた法然という僧が、阿弥陀如来に帰依することに光明を見出し、京の東山で教えを説いているという。一度、直接に教えを乞いたいとも思うが、山での修行を続けるべきかという迷いもある。

この悩みをだれに問うべきか。範宴に、聖徳太子への思いが湧き出てきた。幼いころ、母が太子を慕っていたのを思い出したのだ。

六角堂へ行こう。ここに参籠をし、聖徳太子か、あるいはその本地《ほんじ》である救世《ぐぜ》観音のお告げを頂く。六角堂は、革堂や因幡堂などとともに延暦寺の別院でもあった。それには、十日やそこらの参籠では充分でない。百日は覚悟する。

範宴の決心は固まりつつあったが、最後の逡巡は、世話になった師への遠慮であった。それならば、完全に山を捨てずに参籠をすればいい。山から毎日通うのだ。

昼は堂僧を勤め、夜になれば六角堂へ馳せ、一夜を過ごして朝また帰る。片道四里、行きは天狗のように雲母坂を飛び下りて行くとしても、帰りはきつい。一般の参詣者なら一休み二休みし、半日をかけてやっと上がれる急坂である。それを百日続けようというのだ。

六角堂への参籠を始めてから、九十日が過ぎた。はたして聖徳太子は自分の願いに応えてくれるのであろうか。一抹の不安がよぎりつつも、太子への信頼をゆるめず行を続ける日が、さらに五日過ぎた。もう百日まで、いく日も残されていない。

九十五日目の夜明けであった。板の床に座ったまま眠りに落ちていた範宴の夢に、ついに聖徳太子が現れた。はっきりはしないが、確かに太子の姿だ。梵鐘の音のようなゆったりとして厳かな声が、範宴の頭の中に響く。

「法然のもとへ行くがよい」

そう告げたかと思うと、太子の姿が消えた。一瞬のできごとであった。

がばと跳ね起きた範宴の様子に、ほかの参籠者がなにごとかと視線を集めている。

範宴のからだ中に、おののきと歓喜とが入り混じって満ちる。はっきりと目が覚めた範宴は、本尊の如意輪観音の前に深々と五体投地の礼をしたあと、外へ出る。

四月初めの空気がひやりと範宴の顔に当たる。空はやっと白み始めている。改めて境内に目をやって、さて法然の庵はどこにと思案しているところへ、頭をきれいに剃り、墨染の衣をきりりと着こなした一人の僧が近づいてきた。

「範宴どの」

だれだろう。

「聖覚《しょうかく》だ。山でご一緒したことがある」

思い出した。ときどき比叡山の寺域で会ったことがある。しかし格が違っていた。

聖覚は、法印という高位を極めた人だ。そうと分かって範宴は深々と礼をする。

「いやいや、いまは法然上人のもとで修行する一介の弟子だ。実はな、きのう師に六角堂へ行け、そこにわしのもとに参じようとしている一人の僧がいると言われたのだ。夕べから探していたのだが、いまやっと、貴僧にめぐり会った。まさか、範宴どのとは思わなかった」

聖覚の洩らした笑顔に、範宴のからだの震えがやっとおさまる。微笑を返しながらも、このたび重なる奇縁は、まだ夢の続きなのかと疑う。法然が、これからの師となるであろう法然が、私を待っていてくれ、大先輩の聖覚を迎えによこしてくれた。


二人は、明けて来た四条大路の朝を東へと急ぐ。

大内裏に近い一条、二条周辺には主だった貴族たちの大きな屋敷が多いが、四条まで下がると貴族の屋敷は減って、下級武士の邸宅や庶民の家が多くなる。庶民の家は、家といっても、簡単な柱、板壁に、屋根も板で葺いた上に重石を置いただけである。

幅八丈の大路を、早朝から忙しげに通る人たちがいる。烏帽子をかぶり、直垂か水干を着た武士たちも見かけるが、着物一枚の職人風の男たちも多い。ときに貴族の牛車が通る。

京極を過ぎると途端に人家が途切れ、すぐに鴨川。四条大橋の手前には大きな鳥居があって、ここから先に感神院祇園社の領地があることを誇示している。間もなく東山に入る。奥に鎮座した祇園社の社殿あたりから道は上り坂となり、木々が鬱蒼と茂る山になる。吉水《よしみず》と呼ばれる一帯である。

歩むに従ってなだらかな坂が急坂になってゆく。登りつめて出た狭い平地のさらに上に、一軒のお堂が見えて来た。

「あれが、法然上人の庵です」

毎日、雲母坂を往復した健脚だったが、さすがに息が切れる。しかし、もうすぐ法然に会える。

登りつめた庵の庭から振り返れば、朝日に照らされた京の町が一望できる。左手に東寺の五重塔が小さく見えるが、ほぼ真正面に当たるはずの六角堂は、太い木の林にさえぎられて、見えない。

法然の庵は、庵といっても、本堂は何十人もの信者たちが寄り集まることのできる、屋敷ともいえる広さである。聖覚が案内した奥に、朝の念仏勤行を済ませたらしい法然が端然として座っていた。でっぷりとした体軀、丸い大きな顔。話に聞いていた通りの姿に、範宴は思わずひざまずく。

聖覚が範宴の紹介を終えないうちに、からだに似合った法然の大きな声が響いた。

「これはこれは、ようこそおいで下さった」

六十八歳とは思えないつやのある声だ。

範宴の、ここに至った一通りの説明を聞き終わって、法然は再び口を開く。

「そうか、山では私も同じような気持でおったな。しかし、幸いなことに黒谷の庵で、唐の善導が書いた『観経疏《かんぎょうしょ》』に出会った。その一文を、一生忘れることが出来ぬ。『一心に専ら弥陀の名号を念じ、行住坐臥に時節の久近《くごん》を問わず、念々に捨てざる者、これを正定の業と名づく』。ただ一心に南無阿弥陀仏と唱えよ、必ず浄土に往生するであろう。そういう教えじゃな」

ほかのなにも要らぬ、念仏あるのみ。——そのひとことを聞いて、範宴の心に電撃が走る。ああ、一体自分は何ゆえに、あれかこれか悩んでいたのだろう。ただ南無阿弥陀仏のみ。何も悩む必要はなかったのだ。

夜明けの聖徳太子の夢告、そしていまここに初めて聞く法然の肉声。範宴の人生は晴れ渡った。

入門を許された範宴は、即座に山を捨て、近くに庵を求めて、法然のもとに身を投じる。

数日後、範宴は、法然から綽空《しゃっくう》という名を授かる。ここに彼は、名実ともに生まれ変わった。

二、行者宿報

法然のもとで研鑽する綽空は、同じように日参する僧たちともすぐに溶け合い、ひたすら念仏の毎日を送る。その数、四、五十人にもなる。中には何人かの尼僧も混じっていた。

その中に、一人の若い女性がいるのに気づいたのは、入門後すぐであった。

尼僧ではない。長い垂髪《すいはつ》を途中で束にして結び、たいていは白い小袖にえんじ色の腰巻（はかま）を穿いた女性である。ふっくらとした色白の顔つきは、雪国の女を思わせる。いつもは法然の私室のある庫裏にいるらしいが、法話のあるときには本堂に出て来て、ほこりを払い、経をそろえるなど、準備に忙しい。いよいよ法話が始まれば、庫裏と本堂との渡り廊下に座って、熱心に耳を傾ける。普段は細い目が、このときには大きく拡がり、真剣に聞きとっているのがわかる。

いつのころからか、綽空は、この女性に思いを寄せるようになっていた。

聖覚に聞けば、その女性のことをこう言った。

「名はちくぜん。歳は二十とか。兵部省で地位の高い三善氏の娘とも、そこの女中ともいうな。九条家に手伝いに出ていて、そこから法然上人の身の回りの世話のため派遣されたらしい。頭がよくて、しっかりした女性だ」

九条家とは、三年前まで摂政・氏長者をつとめた藤原兼実《かねざね》のことだ。政治家と同時に、日記「玉葉《ぎょくよう》」を綴る文化人で、その豪壮な邸宅「月輪殿」には多くの貴族、僧たちが集まり、一種のサロンを形成していた。法然もその一人で、兼実は法然に帰依し、法然もみずからの著『選択本願念仏集』を、のちに兼実に献呈した。

ある日のことだ。いつものように庵を訪ねると、師の法然は九条家へ出かけたらしく、留守だった。ちくぜんがひとり、本堂で留守番をしている。

「ちくぜんどのか」

机に向かっていたちくぜんは、背後から突然呼びかけられて驚きと恥ずかしさを隠せない。なにやら机にあった紙を、慌てて下に隠した。

「綽空という者です」

やはり下を向いたままのちくぜんが、ほんのりと顔を赤らめながら答える。

「存じております」

綽空は、自分を知っていてくれたことに心を弾ませる。

机の上には、隠しきれなかったすずりと筆があって、なにやらしたためていたことは明らかだ。隅にはお経がある。

「なにをお書きになっていたのですか」

依然、ちくぜんはうつむいたままだ。手紙かもしれない、写経かもしれない。それ以上追及するのも失礼と、綽空は言葉をおさめたが、彼が感心したのは、この女性が字を書くということだった。そのころ女性が字を書くのは、一握りの貴族とか特別の教育を受けた者に限られる。いつどこで、この人は字を教わったのだろう。

字を書くということが、綽空のちくぜんに対する熱い想いを一層かりたてた。その教養、努力。聖覚のいうように、頭もよいのに違いない。それでいて、黙々と働くかいがいしさ。雪を思わす白い肌。ときに町で見かける、十二単衣を着飾った貴い女性のような気高さはないが、むしろ素朴な顔つきが彼をひきつける。

大事な法話のときでさえ、気がつけば、ちくぜんに注意を向けている。向こうも気がついたのか、ときどき綽空のほうに視線を向ける。彼女の姿が見えないときには、かえって法話が耳に入らない。

しかし、求道を歩む身にとって、色欲は妨げのもとと教えられている。まして肉体関係を持つことは女犯《にょぼん》とさえ称され、たとえ相愛のあいだでも重大な破戒なのである。

悶々とするうちに、半年が過ぎた。

その夜も、法然庵から北へ半里強ほどの地にかまえた自庵で、綽空は持仏の阿弥陀如来像に向かって称名念仏に集中していた。

「南無阿弥陀仏、南無阿弥……」

一心に唱えながらも、ちくぜんの顔が、姿が、まぶたにちらつく。振り払おうとすればするほど、細い目、白い肌が目の前に迫って来る。

自分ではどうしようもない衝動が、綽空のからだ中を駆け巡る。もう、破戒といわれてもいい、地獄に落ちてもいい、ちくぜんに会いたい。きょうこそちくぜんを抱きしめたい。

自庵を飛び出した綽空は、魔力に惹かれるように法然の庵を目指し、南に向かって駆け出していた。煌々とした仲秋の月が、東山の端にかかっている。九歳で得度した思い出の寺、青蓮院《しょうれんいん》を過ぎた先からは、上り坂が急になる。息せき切って到着した庵のふもとから裏にまわると、はたして、井戸から汲んだ水を手桶に満たし、庵に帰ろうとしているちくぜんの後ろ姿があった。

「ちくぜんどの」

暗い洞窟の前の井戸に、一条の月の光が射している。振り返ったちくぜんの半身に、青い月の光がそそぐ。

「綽空さまですか」

即座に返って来た返答に、綽空の心は高ぶる。

「すぐに私とわかったのか」

「この足音は綽空さまのものだろうと……」

言い終わらないうちに、綽空の両手がちくぜんのからだをしっかりととらえた。

次の瞬間、ちくぜんがあえぐように言った。

「おやめください」

綽空の太い腕の中で、小柄なちくぜんのからだがもがく。

「いけません。仏さまの道を求める方が……」

自分の子をさとすような落ち着いた口調が、ぐさりと綽空に突き刺さる。綽空がその手をゆるめたすきに、ちくぜんは綽空の胸からするりと抜けた。

帯を整えたちくぜんは、水で満たされた二つの桶を手にする。綽空も無言のまま、その一つを手にとって、庵に続く坂を上って行った。吉水の森に虫の声が聞こえ、ふたりの姿を月の光が追った。


法然の説法は、毎日続けられた。浄土三部経の読経と講義、あるいは善導の『観経疏』の講釈、既存宗派への対処、大衆への教導、日常生活のあり方、さまざまな法話が持たれたあと、弟子たちとの質疑応答に入る。

ある日のことだ。一人の若い弟子が、こんな質問をした。

「おうかがいいたします。出家に対する禁戒として、不飲酒戒があります。しかし、私は在家のときから酒が好きで、どうにもやめられません。やはり、これはよくないことでありましょうか」

周囲の何人かから、失笑が漏れる。「分かり切ったことを聞くな」、「馬鹿な質問だ」。そんな弟子たちの反応をよそに、法然はにこりともせず、真剣な表情でこう答えたのであった。

「もちろん飲まないに越したことはない。しかし、在家とのつきあいというものもあろう。がまんすることがかえって念仏の妨げになるというなら、少々はやむを得まい。南無阿弥陀仏」

思わず弟子たちは顔を見合す。

綽空は、胸に抱いてきた疑問を、いまこそ打ち明けようと決心する。震える声でこう発言した。

「恋や妻帯については、いかがでしょうか」

予想もしなかった質問に、さすが法然は間をおいた。弟子たちのあいだにも、緊張した空気が流れる。

法然が、綽空の目を見つめ、そして口を開いた。いつもの静かな、しかしはっきりした口調であった。

「同じことだ。もしだれかに恋い焦がれる気持があって、それがために念仏に専念できないのなら、妻帯すればいい。そして、ともども念仏に心がけるのがよかろう」

綽空のからだ中に血が激しくめぐる。目に涙がにじむのを、どうしようもなかった。


綽空は、ちくぜんに手紙を書く。

「私は、あなたのことを一日たりとも忘れられない身になってしまいました。師は、出家の身であっても、妻を持ってよいとはっきり言われました。どうか、私と一緒になってください。そして師の言われるように、二人で念仏の道を歩みましょう」

数日して、綽空はちくぜんからの返事を受け取る。それには、流れるような女文字で、こう書かれてあった。

「綽空さまの、阿弥陀さまをあがめる熱心なお姿に、かねてから私はひかれておりました。その美しいお心の隅に、こんな私をとどめていただき、大変うれしく思っております。でも、やはり私には決心がつきかねております。この上は、綽空さまが信仰されている聖徳太子さまのお告げに、おまかせしとうございます」

法然に入門してちょうど二年後の春、再び百日参籠をする彼の姿が、六角堂にあった。ちくぜんの願い通り、最後の決断を、再び聖徳太子の夢告にゆだねたのである。

まったくあの日と同じように、九十五日目の早朝、綽空の夢枕に、今度ははっきりと真っ白な袈裟に身を包んだ救世観音が、大きな白蓮華の上に立って出現した。救世観音は、おごそかに、こんな偈を授ける。

行者宿報設女犯（ぎょうじゃしゅくほう、せつにょぼん）
我成玉女身被犯（がじょうぎょくにょ、しんひぼん）
一生之間能荘厳（いっしょうしけん、のうしょうごん）
臨終引導生極楽（りんじゅういんどう、しょうごくらく）

〈お前が前世からの宿命として女を抱きたいというのなら、私が玉の女となって、抱かれてあげよう。そして、一生のあいだ、私をよく荘厳するならば、お前が臨

終するときに、極楽に引導してやろう〉

綽空は、二年前の夢現以上にからだを震わせる。女犯が許されたばかりでない、浄土まで約束されたのだ。

あの日の朝と同じように、明けきらない四条大路を法然庵へと急ぐ。

庫裏の裏で、朝食の支度をしているちくぜんの姿を見付けた。もうなんの心配も迷いもない。ちくぜんを背後からしかと抱く。ちくぜんも、なにがあったかをすぐに理解した。あの夜と違って、全身をすっかり綽空の腕の中にまかせる。見上げた目には、うっすらと涙さえ光っていた。

ちくぜんを伴い、綽空は法然の私室へと歩を進めた。法然の前にひざまずき、観音の夢現があったことを報告する。

にこやかな表情で聞いていた法然の丸い顔に一層微笑が広まったかと思うと、こう言った。

「よかった、よかった。一日も早く、一緒になるがいい。そして、二人力を合わせて阿弥陀の教えを広めてほしい」

仏僧の結婚が、師によって初めて公認された瞬間であった。

やがてちくぜんは髪を剃り、法然によって恵信《えしん》と名づけられる。綽空も、新しく善信、次いで親鸞という名を与えられ、ともに専修念仏、他力本願の普及に一生を捧げて行くことになる。

三、親鸞を歩く

親鸞の一生について書くことは、あまりにも多い。しかし、「ひじりと恋」というテーマにしぼるなら、そのハイライトが六角堂夢告の場面であることに、疑いの余地はない。

幸か不幸か、親鸞に関する書物は、中世以来の絵巻、伝記、現代の研究書、そして小説と、おびただしい数にのぼる。ただその分、諸説紛々が入り乱れていて、選択するのが大仕事である。女犯偈に限っても、こんなふざけた夢告などあり得ないという見解から、夢告のあった年月、時刻を明白にしたものまで、さまざまな解説が飛び交っている。

その中で、だれしも一級の史実だと認めている史料がある。親鸞の没後、越後に住む妻の恵信から、京にいる末娘、覚信に当てた手紙である。その三番目（恵信消息第三）には、まぎれもない自筆で、こう書かれている。

「堂僧をしていた親鸞が山を下り、六角堂で百日の参籠をした。そのとき聖徳太子の文を結ぶ夢を見た」

残念ながら、この手紙には「だれが」「どんな文」を結んだのか、明確には書かれていない。また、「文を結ぶ」とは何を意味するのか、そのことひとつさえ権威ある僧や学者たちのあいだできちんと整理されていないありさまだ。

というのに、多くの解説書には「救世観音が」「女犯偈を」与えたとはっきり書かれている。これはどうしたことか。調べてみて、これは別の史料『親鸞聖人伝絵《でんね》』（略称『伝絵』）を根拠としていることが分かった。この絵巻も、親鸞のひ孫の覚如によって書かれたから信憑性が高いとされているのだが、恵信消息とでは、法然入門と六角堂夢告の順序が違ったり、同じ『伝絵』でも版によって参籠の年が建仁元年と建仁三年とに分かれたりしていている。夢告の内容も、『伝絵』には女犯偈だと書かれてあるのに、恵信消息ではそうは書かれていない。夢告者は聖徳太子と救世観音の二者に分かれる。だから、理論的には二×二×二＝八通りの推測が成り立つことになる。

私の考えはこうだ。

ひとつの事実しかなかったとするから、混乱のもとになるのではないか。夢告は二回あったと考えられないか。

建仁元年と建仁三年とは間違いでも勘違いでもなく、それぞれあった。そして、一回目は恵信消息が語るように聖徳太子が現れて、女犯偈以外の何かのお告げをした。二回目は『伝絵』のいう救世観音が現れて女犯偈を授けた。そう考えれば、すべての疑問が円満解決となる。

私が六角堂から法然の草庵である安養寺、さらに親鸞自身の庵の跡まで歩こうと思ったのは、他のひじりと同様に、親鸞の足跡を追体験したかったからだが、私の想像する夢告二回説を六角堂で確認したい目的もあった。

そのうちに、そのうちにと思いつつ、十一月の最終日曜日になってしまった。いまのうちに行かなければ苦手の冬になる。それも久々の好天、予報では気温も上がるという。紅葉狩りの客で京都は混雑の頂点だろうと迷いつつも、この日しかないと家を出た。

　地下鉄の烏丸御池駅を降りて四条方面へ下った角に、「六角通」の道標がある。その角を東へ入ったすぐに、紫雲山六角堂頂法寺の山門があった。

　かつては烏丸小路と東洞院大路の間を占める広大な寺だったが、いまはビルとビルに挟まれた、窮屈な谷間になってしまっている。本堂も決して大きくはないが、それでも西国三十三カ所・十八番札所の威厳を誇り、赤く大きな提灯がぶら下がっている。境内に紅葉はないが、小春日和に誘われたたくさんの参詣者が出入りしている。中には真っ白な巡礼装束に身を包んだ善男善女の姿もある。

　本堂に向かって右手に、池を隔てて小さなお堂、そしてその向かいに大きな立像があった。それぞれに説明を墨書した立札があって、小さなお堂のほうは親鸞堂、立像は草鞋の像とある。親鸞堂には、夢告を得た親鸞がじっとうなだれている小さな坐像が祀られており、草鞋の像は、比叡山と六角堂を日々往復する親鸞の姿との説明だ。

　それに続く説明に目を見張った。親鸞堂の方には「建仁元年、百日参籠をされ、夢中に四句の偈文を授かり……」とあり、草鞋の像の方には「百日参籠をして『法然のもとへ行くがよい』という示現を得た後、再び百日参籠をされ、それから二年後、ま

た夢中に偈文を授かり……」と書かれているのだ。（傍点筆者）

私は、夢告の解説に二通りあってどちらが正しいのか迷ったあげく、二回あったのだと勝手に解釈した。立札には、ずばりそのままが書かれている。やはりであった。さっそく朱印をお願いしたときに、寺の人に尋ねてみる。

「向かい合った立て札に、二通りの説明があるのですが……」

中年といった年かっこうの男性は、私の差し出した朱印帳にすらすらと筆を運ばせながら、顔も上げずにこう答える。

「どちらにも信憑性があります」

即座に答えが返って来たところから見ると、同じような質問が、よく投げかけられるのかもしれない。

「どちらも本当だということですね」

私の再質問に、その人は黙々と達筆をふるうだけであった。

六角堂を出た親鸞は、吉水の法然庵、現在の安養寺を目指した。彼は南側に面する六角通を東へと歩んだのかもしれないが、私はもう少し南へ下がって四条通をたどることにした。

その前に、昼食をとる。八時半に家を出て、早くも三時間が経っている。

平成の現在、四条通は大丸、ルイヴィトン、モンブランと、大きなデパートや名だたるブランドの店がひしめき、京都随一の賑わいを誇っている。京人形や京菓子の老舗があるかと思えば、ドコモやスターバックスなど、現代ならではの横文字の店に若者が群がっている。

車道は東行き西行きそれぞれ二車線と広いが、バス、タクシー、自家用車がひしめいて、ぎっしり渋滞状態である。一車線四メートルとして道幅は十六メートル。ものの本には、当時の大路の幅は八丈だったと書かれている。一丈は約三メートルだから八丈は二十四メートル。むかしのほうが広かったのかと計算して気がついた。歩道が二本ついている。その幅もおよそ四メートル。そこでこれを合算してみれば、二十四メートルぴったりだ。

四条大橋に来た。六角堂を出てここまで、食事休憩を除いて二十五分かかっている。烏丸小路から京極小路までには五本の大路、小路があり、その間隔は一丁、百二十メートルである。これに、六角堂から四条通までと、京極から鴨川までとを合わせると、合計一・三キロほどになる。たびたび赤信号にさえぎられ、腰痛をかかえる七十七歳の足で二十五分だから、毎日比叡山と六角堂を往復した健脚親鸞なら、その半分くらいで充分だったに違いない。

親鸞の時代は、鴨川を渡ればもう京ではなかったが、いまは相変わらずの繁華街だ。間もなく八坂神社。朱色の門に続く参詣道の両側には、たこやき、たいやき、どて焼き、カステラ、さまざまな屋台が並んで、知らぬ人と肩をふれあわずに通ることができない。

屋台の雑踏を通り抜け、本殿前の広場に出てほっとする。ここも人で賑わっている。その中に、外国人らしい金髪の男の子、女の子合わせて三人が、和服を着飾ってそれぞれのお父さんに連れられているのが微笑ましい。七五三のお祝いなのだろう。そのお父さん二人が、これまた明治時代を彷彿させるような、フロックコートに山高帽をかぶっていて愉快だ。

神社をあとに円山公園に入ると、美しく紅葉したモミジが池に映えている。公園を突き抜けて進むに従って平坦な道は上り坂となり、長楽寺のあたりからさらに急となる。曲がりくねった上り坂の先に、やっと山門が見えてきた。法然親鸞御旧跡吉水草庵、慈圓山安養寺と書かれた石碑。本堂は、さらに五十段ほどの石段を上がった先にあった。

　四条大橋から安養寺まで、二十五分である。やはり親鸞の足なら十分あまりか。合計、六角堂を出てから二十分、せいぜい三十分くらいだろう。いよいよ法然に会える。

親鸞が法然に学んだ安養寺

最後の急坂を登る親鸞の足取りは、軽かったに違いない。

本堂前の庭に立ってふりかえれば、林の切れ間から京都の南半分が一望される。親鸞の見たのは、板や瓦葺きの家並だっただろうに、いまは白いビルばかりだ。林の中の一本のイチョウの葉は、半分黄色、半分緑だ。

本堂内には、寺の人も参拝者もいない。声をかけてみるが、だれも出てこない。隣に庫裏がある。ここにも人の気配がない。さっきまでの人込みが嘘のようだ。

本堂に上がる。むろん建物は当時のままではないのだろうが、ここで法然が法話をし、親鸞がちくぜんに恋をした風景を頭に描く。法然は真正面、それに向かって弟子たちが並んで座り、親鸞はその末席にいる。ちくぜんは庫裏への渡り廊下に正座している。

合掌をし終わったところに、二人の老女が長い石段を上って来た。向こうから、

「どちらから?」と声がかかる。

「兵庫県の明石です」

へえ、遠いところからおいででしたな、という答えを予想したところが、

「わたしらは、石川県ですわ」

にびっくり。

「法然さんと親鸞さん、毎年お参りしています」

信心深い方々だ。

再び庭へ下りる。庭といっても広くはなく、植えられた樹木も少ないが、南天の赤い実が目に鮮やかである。

ひとわたり庭をめぐっているうちに、「吉水」の語源になった井戸を見落としていたことに気がついた。山門まで下り、そばに掲げられた地図を見ると、細い道を下りたすぐ下だ。来るときには車の通れる広い道を迂回したので、気がつかなかった。

下りてみると、小さな弁財天の社がある。そのそばに洞窟のような暗い場所があって、そこにいまでも自然に湧いている井戸があった。「親鸞上人閼伽《あか》の水」とある。金網のかかった上から覗くと、黒く見える水に、小さな鯉が数匹泳いでいる。ちくぜんは毎日のようにここで水を汲み、重い桶を持ちながら坂を上って行ったのだろう。

安養寺に別れを告げ、裏道を下りる。下りかけたとたんに、にぎやかな人声が聞こえ出した。はて団体でもお参りに来たのかと進めば、大きな梵鐘が吊るされた鐘楼が目の前に現れた。知恩院の境内に出たのだ。

巨大な本堂の前の広場には、スピーカーを通して念仏を唱える声が絶え間なく響いている。法然八百年大遠忌法要の一環だ。

裏門にあたる黒門から北へと出る。最後に目指すは、岡崎公園の方角にある、親鸞の庵の跡とされる東本願寺岡崎別院である。毎日、親鸞が法然庵に上った道を逆にたどることになる。

途中、青蓮院の横を通る。寺の入口に「親鸞上人得度聖地」という大きな標識が立っている通り、この寺で九歳の親鸞が慈円から得度を受けたと伝わっている。塀に沿って、樹齢八百年、親鸞のお手植えと称する巨大な楠が青空に届かんばかりに伸び、枝が道路の上に覆いかぶさっている。前を行く男性二人づれが、「電線が枝にひっかかっとるやないか」「電線を地下に埋めな、あかんな」としゃべりあっている。「枝を切らな、あかんな」とは言わない発想が、うれしい。

三条通との大きな交差点、ついで市立美術館、そして平安神宮だ。その横をさらに北へ上り、丸太町通に出て、やや東にとったところに別院があった。

そう書けば簡単な行程のようだが、安養寺から一時間近くかかっている。地図で測れば三キロほどだ。知恩院での朱印の行列にとられた時間を差し引いても四十分くらいである。しかも知恩院へ上がる坂は相当な急坂で、私は逆に下ったのだから、いくら健脚の親鸞とはいっても三十分以上はかかったと想像される。

別院の敷地は、そう広くはない。正面に端正な姿の本堂が目につく。障子が締め切られ、上り口にたくさんの履物が揃っているところからみると、なにかの法要か会合が持たれているのだろう。左手の境内には「八房の梅」、「姿見の池」の立て札がある。前者は親鸞のお手植え、後者は親鸞が流罪になって越後へ旅立つとき、自分の姿を映して名残を惜しんだ池だという。だとすれば、恵信も、親鸞とともにこの池に別れを告げたことになる。


晩秋の日が、そろそろ傾きかけている。予定の全行程を無事終えた私も、京に別れを告げることにする。

京都駅まで、どの道を帰るか。一番近いのは、東へ白川通に出て地下鉄東西線の蹴上駅まで歩くルートだが、南禅寺前を通らなければならない。紅葉見物の人であふれていること必定だから敬遠だ。いま来た道を戻って東山駅に行ってもいいが、同じ道では芸がない。思案していたところへ、ちょうど空のタクシーがやってきた。おだやかな表情をした運転手だ。よし、このまま丸太町通をまっすぐ西進して、地下鉄烏丸線の駅に行くことにしよう。

決心して、私は手を挙げる。

座席に落ち着く。きょうは、たっぷりと歩いた。

タクシーの中で、静かに日が暮れた。

清滝川清流——明恵（一一七三—一二三二）

一、有田の母

また、京《みやこ》に戦《いくさ》の火の手が上がった。

承久三年（一二二一）、ときの後鳥羽上皇が幕府に対し兵を挙げた、承久の乱である。

中央の情報は、もと神護寺、いまは近くの高山寺に住む喜海のもとに、刻々と伝わってきた。第一報を聞いた彼は、ただちに師の明恵（明恵房高弁）に伝える。

「またもか。なんということだ」

やや面長、整った目鼻に、優しげな眼が特徴の明恵の表情が、このときばかりは怒りを表し、ついで落胆に変わった。

喜海が、苦りきった表情で答える。

「巷では、これぞ末法の姿との諦めが行き交っております」

末法とは、釈迦が入滅して千五百年のちにやってくる時代のことで、もはや正しい修行を行う者もいなくなる絶望の時代だとされている。

それを聞いて、明恵はきっぱりと言い切る。

「違う。時の流れが禍を起こしているのではない。人が起こしているのだ」


神護寺のある高雄（高尾）、高山寺の栂尾《とがのお》、その中間にある西明寺の槇尾を加えて三尾という。秋には群生するモミジがいっせいに紅葉し、谷間を縫って流れる清滝川にも映えて、厳しい修行の心を和ませる。

明恵が庵にしている石水院に、一人の尼僧が訪ねてきたのは、戦いがあっけなく朝廷側の負けとなって、ようやく町に平和の色が漂い出した秋の日であった。

案内を乞うつややかな声に喜海が出てみると、白い頭巾に頭を包んだ尼僧が立っている。

「明恵上人さまにお会いしたく、参上いたしました」

品のある話しぶりに、ただならぬ人と直感した喜海は、丁重に中に通す。

喜海の取次で現れた明恵も、尼僧を一目見て、その気品に打たれたように威儀を正した。

「私は、藤原宗行という者の妻です」

思わず二人は顔を見合わせる。藤原宗行といえば権中納言。後鳥羽院の側近中の側近だ。

「上皇に仕える者の妻として、戦の始まったときから、最期の日の来ることは覚悟しておりました。ただちに頭を剃り、いまは戒光と申します」

若い弟子が茶を淹れる。境内には広い茶園があって、明恵自ら、その手入れに精を出している。禅道を学んだ建仁寺の栄西から貰った種が、いまは毎年、上級の新茶を収穫できるほどに育った。

差し出された茶をすすりながら、彼女は話を切り出した。今次の戦いで命を落とした貴族や武士は多い。その妻たちが、住むところも心の拠りどころも失い、呆然としている。うわさでは、明恵上人は心の広い方で、女人に対しても救いの手を差し伸べておられる。高山寺へ行けば、二つの拠りどころをお願いできるのではと思った、と。

話をしている戒光に注ぐ明恵のまなざしに、次第に真剣さが帯びる。

「分かりました。ただ私どもの寺に、尼僧用の僧院がありません。僧院の半分をみなさんに使っていただくということでよければ、どうぞおいで下さい」

数日を経て、早朝から寺内の勤行に励む戒光と、三人の尼僧の姿があった。明恵による華厳経の講義、様々な密教行法、坐禅に作務と、男性の僧たちと変わらない日々が送られてゆく。

そろそろ紅葉が散り始めたある日、喜海は、いつかは明恵に尋ねてみたかったことを口にする。

「戒光さんは、美しい方ですね」

明恵の顔に、微かな笑みが浮かぶ。

「ああ、美しい人だ。会うたびに、私は母を思い出す」

喜海は、師の故郷、紀伊国へ師を追って行った二十年前を思い出す。

彼がはじめて明恵にまみえたのは、その半年前、まだ高山寺へ移る前の神護寺だった。明恵二十六歳、喜海二十一歳の春だ。

その年の秋だった。いつものように法堂へ参じたのに、どういうわけか師の姿がない。明恵の師、上覚に聞くと、突然、紀州へ帰ったとのことだ。

「白上という丘に庵があると聞いた。生地は有田川上流に沿った山奥だが、白上は少し下りたところと聞いている」

上覚の話を聞き終わる間もなく、喜海は旅支度をして師を追った。

有田は京からおよそ四十里。高雄を出、京の町を経たのち、和泉の海岸伝いに下る。険しい紀伊山脈の峠を越えたあと、道で出会う旅人、田畑で農耕にいそしむ村人に道を尋ねつつ、五日目に白上の庵に着いた。周りは森と山、ただ木々に囲まれた粗末な庵だ。

「おう、喜海どのか。よく来てくれた。すぐに海の見える西の庵へ行こう。ちょうど夕日がきれいに見えるはずだ」

師は、旅装のままの喜海を喜んで迎え、すぐに西の白上と呼ばれる丘に案内する。五、六丁を歩いて西の白上に着き、目の前に開けたのは、旅の疲れを一度に吹き飛ばしてくれるすばらしい風景だった。二つの島が夕暮れの湾の中にぽっかりと浮いている。右が苅藻島、左が鷹島だ。

「あの島は、私にとっては初恋の人のようだ。幼いときに、母に連れられてこの辺まで来ては、いつまでも眺めていたものだ」

師の口から、恋という言葉を聞くとは思いもよらなかった。

「島々の遠く彼方には、釈尊の住まわれた天竺がある。いつかは実際に天竺に渡り、釈尊にあやかりたいと願っている」


夕日が落ち、東白上の庵に戻って旅装を解く。一休みする喜海の目に、壁にかかった大きな絵がとまった。獅子の顔をした冠をかぶり白蓮の上に坐った、珍しい仏の像だ。

「仏眼仏母《ぶつげんぶつぼ》像だな。私にとっては、なつかしい母の像だ」

顔もからだ全面も、胡粉の白に塗られている。図像を見つめる喜海の様子を見て、明恵はつぶやくように語る。

「母が、生まれたばかりの私に薬師丸と名付けたそのときから、私は出家することが運命づけられていた。母の兄の上覚がすでに神護寺に勤めていたので、神護寺の本尊・薬師如来にちなんで、この名が付けられたのだ。

九歳のとき、病弱だった母を失った直後、朝廷に仕える武士だった父は東国への遠征であえなく戦死。叔父から父の死を聞いたときには、決して武士にも役人にもなるまい、立派な僧になろうと、私は幼心にかたく誓ったものだ」

話し終わって、明恵は仏眼仏母像に向かって深々と頭を下げ、合掌をする。

師にならって合掌を捧げたあと、再び眼を画像に移すと、右端に仮名で何かが書かれているのに気づいた。

モロトモニアハレトヲホセミ仏ヨ　キミヨリホカニシル人モナシ
「もろともにあはれと思へ山桜……。行尊上人の歌に似ていますね」

「その通り。だが私にとっては、山桜よりも御仏が、花よりも母が大事なのだ」

続いて、
无耳法師之母御前也　哀愍我　生々世々　不暫離　南無母御前　々々々々々
とある。喜海が声にして読む。

「耳無し法師の母御前《ははごぜん》。我を哀愍《あいびん》したまえ、生々世々、暫くも離れず。南無母御前、南無母御前」

読み終わった喜海の視線は、思わず欠けている師の右耳に行く。初めて会ったときから気になっていながら、なぜかを聞くのを遠慮していた。

「上人、耳無し法師とは……」

明恵は、苦笑を漏らしながら、声を落として答える。

「三年前、久しぶりに高雄からここへ帰ったときだ。この図像を前に、正覚を得んものと一心に念じていると、まだまだ至らぬ自分が情けなくなってきた。雪山童子のごとく捨身《しゃしん》をして真理を極めたい。そう思ったときには、右手に剃刀を握っていた」

釈尊の前世である雪山童子が修行中、飢えた羅刹に身を投げ出すまでして、教えを乞うたという説話である。

絵の左側に目を転じると、ここにも書き入れがある。

南無母御前　々々々々　釈迦如来滅後遺法御愛子成弁　紀州山中乞者敬白

成弁は、明恵房高弁の前の名だ。

右側の句にも左側の句にも、「南無母御前、々々々々」の重ね言葉が出てくる。

ああ母よ、ああ母よ。

「お母様が、本当にいとおしくていらっしゃるのですね」

「ああ、いとしい。こうして話しているいまも、母の顔が浮かんできて仕方がない」

あれから二十年。その間、しばしば明恵は紀伊へ旅した。喜海の記憶では、五、六回は往復したと思う。初回を除き、そのすべてにお供をしている。母と過ごした幼時が忘れきれないのだろう。

そしていま、戒光尼が、母に似ていると師は言う。

そう話す師の目が、うっすらと涙に光っているように思えた。

二、うつろふ月

戒光の口からうわさが広まったのだろう、あるいは戒光自身が呼びかけたのかもしれない。戦争で夫を失った女性たちが、次々と高山寺にやって来た。みな貴族や高級武士の妻の出だ。

数が増えると、いつまでも高山寺内にいては迷惑をかける。近くに尼寺を建立しようと、戒光が八方、手を尽くしてくれた。その努力が実り、承久の乱後二年経った貞応二年（一二二三）、高山寺から南へ半里と離れていない平岡の地に、尼僧たちの寺が出来上がった。明恵はこの寺を善妙寺と名づけて、門出を祝う。

集まった尼僧も二十人を超える。彼女たちは共同生活をしながら、明恵の法話を聞き、修行に励む日々を送るようになる。


その中の一人に、喜海にとってかねてから気になる人がいた。ふくよかな顔、細い目がひときわ高貴な印象を与える、色白の人だ。

高山寺と善妙寺とのちょうど中間に、御経坂《みきょうざか》という小さな峠がある。まだ峠の雪が解けきらないころ、使いで喜海が善妙寺を訪ねたときだった。堂内で床の雑巾がけに精を出している尼僧に目が留まる。間違いなく、あの人だ。

胸の動悸が高まるのを自覚しながら、堂の入口に近寄って声をかける。

「たしか、明達《みょうたつ》尼とおっしゃいましたね」

拭き掃除の手を止め、上げた彼女の顔に、微笑を浮かべた細い目があった。

「はい、そうでございます」

「どちらの出でいらっしゃいますか」

堂の中へ、二歩三歩と足を踏み入れる。

「後鳥羽院の北面の武士、山城守だった源広綱の妻です」

「北面の武士といえば、文武両道にたけた選り抜きの一団です。さぞかし美男子でいらしたことでしょう」

そんな……と、かすかにはにかみながら、彼女は視線を床に戻す。手は止まったままだ。

「どちらの戦いで、亡くなられましたか」

「六波羅を守っておりましたが、泰時軍に捕えられ、鴨川で……」

「そうでしたか。まだお若かったでしょうに、無念なことでした」

「武家に嫁いだ以上、いつかはその日が来るのを覚悟しておりました。出家をすることも」

そこまで言って、急に彼女の声の調子が落ちた。うなだれる青い頭に、西の連子窓を通して入って来た初春の夕日が、柔らかく反射している。

「どうかしましたか」

「夫の覚悟はしておりましたが、まさか息子まで……」

磨き上げられた床に、一滴の涙が落ち、きらりと光る。

あわててそれを拭き取りながら彼女は続けた。

「名を勢多伽丸といいました。まだ十四歳。御室《おむろ》の道助法親王様に可愛がっていただいた子でした。別れに際し、親王は歌までお寄せ下さいました」

御室とは、明恵も一時修行したことのある仁和寺のことだ。

「そうと知っていれば、上人にお願いして、六波羅探題の泰時になんとか助命を乞うこともできましたのに」

喜海の言葉に、彼女はほとんど消え入りそうな声で答える。

「私もこの子だけはと、直接、お願いに上がりました。でも探題のおっしゃるには、自分もつらい。しかしこれは武士たる者の掟だ。やむを得ないと」

白いうなじが、喜海の目を捕える。返す言葉が見当たらない。

「ある晩、残された私は二人のもとへ行こうと、桂川にかかる橋に立ちました。そこへ通りがかり、助けていただいたのが、すでに髪を下ろされていた戒光さまでした」

そこまで言うと、彼女は顔を上げた。もう目に涙はない。

雑巾に置いた手が再び動き出すころ、夕の日差しはほとんど消えようとしていた。

数日経って、喜海は明恵を石水院に訪ね、明達が話したことを、そのまま師に伝える。始終を聞き終わった師は、ため息の混じった声を畳に落とす。

「諸行無常だのう」

しばらくの沈黙があったあと、喜海を見つめなおし、ぽつりと付け加えた。

「実は……」

言葉がここで途絶え、視線が十畳敷きの部屋の隅に移される。そこには、だれかが無造作に活けたツバキの花があった。

おそらく、「……私は、彼女に特別の感情を抱いている」という言葉につながるのだろう。思わず「実は私も……」と言いかけた。

その言葉を閉ざし、喜海もツバキの赤色に見入る。


三尾に冬がめぐってきた。この地の冬は厳しい。雪が一尺以上積もることもある。その日も、夜に降り出した雪が境内一帯に二寸ほど積もっていた。明恵が呼んでいると聞いた喜海が、雪の上に足跡を残して石水院に急ぐ。

「貴僧は、朝鮮華厳宗の始祖、義湘《ぎしょう》と元暁《がんぎょう》の物語を覚えているかな」

「何度も話して頂きましたので、よく存じております」

「あれを絵巻にしたいと思う」

「それはいいお考えです。さっそく絵師を呼びましょう」

物語というのは、こうである。

〈五百年むかし、新羅に義湘という華厳宗の高僧がいた。彼はさらに仏道を極めんものと入唐の旅に出る。

唐へ到着し長安へ向かう途中、とある富豪の家で善妙という美女に会う。善妙は美男子の義湘を見て惚れ込み、巧みな言葉で愛を迫る。しかし義湘は「色欲不浄の境界、ひさしくこれを捨てたり」のひとことを残して去って行く。

数年の時を経て、修行を終えた義湘が帰国するとのうわさが善妙の耳に届く。彼女は一目会いたいと港へ急ぐが、船は出港したあとだった。あまりの悲しさに砂浜にひしがれ泣き叫ぶ。だがその直後、すっくと立ち上がった善妙は、海に飛び込む。

飛び込んだ善妙は、みるみるうちに竜に変身し、義湘の船に追いつき、荒れ狂う海の中を新羅まで無事送り届ける。さらに、今度は大きな石に変身し、義湘の布教を助

ける〉

二人の絵師たちは手分けをし、半年のうちに『華厳縁起絵巻』全六巻を描き上げる。詞書も寺内の能書の僧に依頼して完成した。

栂尾の夏は、好い季節だ。町の中では味わえない涼風が峰を越え谷を渡って、石水院を通り抜けてゆく。

明恵が、喜海に語る。

「実は、この絵で、善妙寺の尼僧たちに華厳の神髄を説きたいのだ」

「それはいいお考えです。きっと、尼僧たちも華厳のすばらしさを理解することでしょう。

ところで、尼寺の名を善妙寺とお付けになったときから思っていたのですが、上人は、この善妙女が大変お気に入りですね」

明恵の顔に、笑みが広がる。

「その通りだ。夢に現れたこともある」

師がよく夢を見ること、しかもその一部始終を十九歳のときから「夢記」（夢の記）

として書き残していることを喜海は知っている。

「ぜひお聞かせください」の言葉に、明恵は文机の上に積まれた「夢記」の束から一冊を取り出し、ゆっくりと頁をたぐった。

「三年前の承久二年五月二十日となっておるな。一人の僧が私のところへ唐からの珍しい陶器の数々を持ってきた夢だ。

種々の唐物有り。二十種ばかりこれ在り。両の亀、交合せる形等あり。其の中に、五寸ばかりの唐女の形有り。女の形、甚だ快心之気色ありて、忽ちに変じて生身の女人と成る。僧云はく、『此の女、蛇と通ぜる也』。

そこで私は目が覚めた。覚めたあとで思うに、この女は善妙に違いない。蛇は竜であり、陶器は石に通ずるからだ」

喜海は、亀が交合している夢のすぐあとに善妙が現れたことが気にかかる。善妙は明達、亀の交合は明達への欲望なのに違いない。厳格な持戒の僧と信じていた師が、このような夢を見ていた。

この際、はっきりと師に心の底を聞こう。

「私は、若いときに一人の女性から慕われました。夜、京の街を二人で歩いていて、思わず欲情がわいたときもあります。でも出家の身として、女犯《にょぼん》はなりません。上人に、そういうご経験は」

長い夏の日も、少し傾き始めている。明恵はしばらく考えたのち、こう語った。

「私は幼少のときから、立派な僧になることを願っていた。一生不犯を守り、清浄であることを誓って修行に励んできた。それでも、幾度となく女体を抱きたいと思ったことがある」

やはりと思う喜海を見つめたあと、明恵は再び文机に手を伸ばし、古い「夢記」の一冊を取り出した。建暦元年（一二一一）だから八年も前、四十歳のときだと前置きがある。

「十二月二十四日の夢に云はく、一大堂有り。其の中に一人の貴女有り。面貌ふくら顔にして、以ての外に肥満せり。青きかさねぎぬを着給へり。女、後戸なる処にして対面。此の人と合宿、交陰す」

読み終わった明恵は、坐禅の欠気《かんき》一息《いっそく》に似たひと息を、ふうと吐く。

喜海は思う。自分も、夢の中では何度か女人と交わった。四十代半ばになった今でも、ときにある。明達のこともあった。自分だけが煩悩を拭い切っていないと思っていたが、師までも。

「だれだって同じだ。私は常々『あるべきよう』と言っている」

「そらんじております」

「どういう意味かはお分かりいただいていると思う」

「出家には出家として、在家は在家としてやるべきこと、やってはならないことがある。それを守るのが『あるべきよう』だと解しております」

「その通りだが、さらなる意味がある。人は本来、仏性の世界に生かされている。だからあるがままに生きてゆく。それも『あるべきよう』だ。男が女に情を抱く。これは自然の姿だ。愛心なきは法器にあらず。色情のために修行が妨げられてはならぬが、払いのけることにとらわれ過ぎると、それも害毒になる」

喜海は間をおいたのち、とうとう明達のことを口にした。

「上人、あの方は、とても賢く、美しくていらっしゃいます。来られたときは夫と子を失った悲しみに暮れておられたが、最近は修行に打ち込んでおられる様子です。上人は、あの方のことを、どのようにお思いでしょうか」

明恵の口が閉ざされる。南面の縁から望む向山の彼方を見やったのち、ゆっくりとした口調で返した。

清滝にうつろふ月も心ある君に見えてぞかげもすゞしき

自分をじっと見つめる師の視線に、喜海は次の言葉が継げない。いつもと同じように深く一礼し、静かに部屋を退出した。

師にとって、明達は清滝川に映る月だった。

『華厳縁起絵巻』が完成して一年の年月が、平穏のうちに過ぎた。高山寺での華厳講義、善妙寺での絵解きも順調である。明恵が仏師・湛慶に作らせた春日神、白光神、善妙神の三体の像も無事奉納された。善妙神は、あの新羅の義湘を愛した女性を神格化した像だ。ふっくらとした顔は、どうみても明達をかたどったものとしか思えない。

その日も、境内を覆う杉の木立から、蟬の声が降りしきっていた。喜海はその前に立ちながら、しみじみ思う。

師はかつて、男が女に惹かれるのは自然のありようだと言った。それを恋というなら、いま自分が明達にかける思いは、間違いなく恋だ。像を見つめるうちに、喜海の胸が高まってくる。自分にとって、明達は水に映る月のような、うつろう影ではない。命を持った生身の女性だ。一度でいい、抱きしめたい。


その年の秋のことだ。善妙寺の庭で、落ち葉を掃く明達に出会った。

「もう三年になりますね」

「光陰矢よりも速やかかと申します」

二人は庭の隅の石に腰かける。この三年に起きた思い出の話が弾むうち、明恵の故郷、紀伊の国に及んだ。

「丘の上にある庵からは、すばらしい海が眺められます。そこに浮かぶ島に、上人は恋をしていると言われました。島から持ち帰った小石を、今でも大切にされていますす」

明達は、その風景を目に浮かべるように細い目を一層細め、言った。

「そうだったのですか。上人さまは、人でなく自然に恋をされていたのですね。お優しい方」

いいえ、人にも恋をされています。私の目の前の方に……。

心の中でつぶやいたとき、明達が言葉を継いだ。はっきりした口調だった。

「私は、上人さまを心から慕わしく思っています」

いつかはその言葉を聞かねばならないと、覚悟をしていた。喜海はだまって、庭に立つ一本の杉の木を仰ぐ。

「ここへ来てしばらくは、夫と子の悲しみにくれていましたが、いつのころからか、心は明恵さまに向かうようになりました。上人さまが私の悲しみを救ってくださったのです。あのきりりとしたお顔、それでいて私たちをご覧になるときの優しいまなざし。私は、義湘に心を奪われた善妙と、全く同じ気持です」

ここで一息おき、胸の底を一気に吐き出すように言った。

「一度でいい、上人さまとご一緒に、清滝川に下りてみたい」

杉の木は、あくまで高い。天まで届くとはこのことだろう。喜海は、じっと、その先を見つめ続けた。


山の秋の気配が急速に駆け去って行く。

ある日のことだ。気がつくと、善妙寺へ法話に出かけた明恵の帰りが遅い。「阿留辺幾夜宇和（あるべきやうわ）」と書かれた板には、毎日の日課が一時《とき》ごとに示されている。書写の時間である未の刻（午後一時）を過ぎ、師弟の問答を行う申の刻（午後四時）が近づいたというのに、まだ姿が見えない。気をもむ喜海は、山門まで出迎えに下りる。門の前は周山街道だ。周山という小さな村落を経て、遠くは加賀の国まで通じる大道だけに、荷物を背負った旅人や商人、馬に乗った烏帽子姿の武士や公家らが往来し、ひづめの音、荷車の音、人の話し声がまわりの山にこだましている。音が途切れる合間を縫って、清滝川のせせらぎや小鳥のさえずりが耳に入る。

心配のままに、橋まで来て何気なく見下ろしたとき、喜海の胸が鳴った。その目に、川岸に遊ぶ僧と尼僧の姿が飛び込んできたのだ。

まぎれもなく、あの二つの衣は明恵と明達だ。明恵は岸の叢に腰を下ろし、明達は川岸に立って、流れを見つめている。浅瀬では小石を越えたところで小さな白波が立ち、深い淵では淀んだ水が渦を巻いている。

――君に見えてぞかげもすゞしき

その歌を思い出しているときだった。明達がひょいとばかり衣の裾をつまみ、草履を脱ぐと、浅瀬へと入って行く。一瞬、白い脚もとが目をくらませる。

明恵は、ただ黙って川面を眺めている。

背後を牛車が通って行く。車のきしむ音が消えるのを待って、思わず「上人どのー、問答の時間でーす」と声が出かかる。

口に出る直前で言葉を抑えると、喜海は寺へときびすを返した。


寛喜三年（一二三一）の春も過ぎた四月。明恵、五十代最後の年だ。喜海を呼んでいるとの伝言に、石水院へと急ぐ。

「紀州へ行こうと思う」

師の帰郷は、これで八回を数えるだろうか。

「私も歳をとった。もうこれが最後になるかもしれぬ」

たしかに昨年あたりから、歩く足に疲れが見え、風邪をひくことも多くなった。

長い旅も、それまでと違って難儀を極めた。それでも母の思い出が詰まる有田の風景と空気は、明恵の心身を少しでも癒したようだ。湯浅一族の尽力で、白上の峰のふもと、栖原《すはら》に建立した施無畏寺の本堂供養を無事終えて、栂尾へ帰る。

だが、旅の疲れも影響したのだろう。からだは、ますます衰え、秋には不食の病に苦しみだした。思うところがあったのか、居所を石水院から禅堂院に移し、臥す時間が多くなった。

ときに喜海は枕元に呼ばれ、切々とした師のことばに全身が打たれる。

「わが身において、今は世の評判など、どうでもいい。若いころ捨身さえ考えたことを思うと、よくここまで生き永らえたことだ。これ以上歳をとって生きるのは、人々に迷惑をかけるだけだ……」

続いて、「仏道入り難く、知識あい難し」云々と、懺悔とも垂訓ともとれる言葉が続く。

師の病状を聞いた善妙寺の尼たちが、戒光の呼びかけに応じて、回復を祈願する華厳経の写経を始めたと伝わってきた。

年の暮れも近い日の夕刻、石水院を訪ねてきた一人の尼僧がいた。その声で、喜海はすぐに明達とわかる。いても立ってもおられずお見舞いに来た、上人にぜひとも会いたいという。

「それは困ります」

私情を抜きにしても、ひとり病に伏す僧のもとへ女性を連れてゆくのは、あまりにも仏道に反する。固く断る彼を無視して、明達は奥へ上がる気配を見せる。

「上人はここにおられません」

「では、どこにいらっしゃるのでしょうか」

明達は上がりぶちに座り込み、一歩も動こうとしない。

いつもはふっくらとした柔い表情が、ただならぬ決心を見せている。その様子を見るうちに、喜海の心が揺れた。人の自然なありようこそ仏性だといった師の言葉が頭に浮かぶ。ゆっくり立ち上がると、北隣の禅堂院へと歩き出した。黙ってついてくる明達の足音が、冬の木立に小さくこだまする。

引戸を開ける物音に、暗がりの中で臥していた明恵が振り向いた。明達の姿を認めると、宙をつかむように震える両手を広げ、起き上がろうとする。

「上人さま」

抑えきれずにほとばしった高い声が院内に響き、明達が駆け寄る。二人の手が、しっかりと握りあわさった。

いま、師の明恵は川の水になっている。そして、映る月と一体になり、溶け合っている。

喜海は、静かに戸を閉め、無言で立ち去った。

一月十九日、弟子たちの読経や行法、尼たちの写経も空しくその日が来た。そうと自らさとった明恵は、弟子たちを床の周りに集める。衣と袈裟を着替え、いくつかの五字偈を唱えたあと、懺悔文を、静かに合掌して唱える。

我昔所造諸悪業（がしゃくしょぞうしょあくごう）

皆由無始貪恚癡（かいゆうむしとんにち）

従身語意之所生（じゅうしんごいししょしょう）

一切我今皆懺悔（いっさいがこんかいさんげ）

続いてしばらく坐禅をしたのち、「その期が近づいた。釈尊入滅をならい、右脇に臥そう」と言って横になる。

葬儀は二日後、禅堂院で執り行われた。喜海や弟子たちは、師の寂滅後、しばらく寺の周囲にかぐわしい匂いがたちこめるのを感じた。

強い日差しが山の木々を照らす九月、戒光と明達の二人が、喜海のもとを訪れて来た。尼たちによる華厳経の写経が完了したので奉納しに来たという。目を通すと、一枚一枚、一字一字に尼たちのまごころがこもっている。戒光、明達のほか、真覚、性明、明行、信成、理証、禅恵らの署名がある。

「私たちの願いも空しうございました」

落胆した戒光の言葉に、喜海はゆっくりりと答える。

「いいえ、上人はとても喜ばれているでしょう。何ものにもかえがたい供養です」

明達の方はと目を移した瞬間、喜海は息を呑んだ。肩を落とし悲しげな表情を隠さない戒光とは正反対の姿を、そこに見る。

目の奥が澄んでいる。口元には、微かな笑みさえ見せている。

この人は開悟している、仏になっている。


翌朝、まだ夜が明けきらないころ、ただならぬ弟子の声が、喜海の耳に届いた。

「喜海どの、喜海どの、大変です。明達さんが……」

すぐさま、喜海には見当がついた。

「清滝川の、深い淵のところで……」

慌てた様子の弟子の声にも、喜海は落ち着いていた。

外へ出る。山の空気がひやりとする。寺を囲む杉の木を見上げる先に、明けの明星が光っていた。

いまごろ彼女は大きな竜となって、明恵を夢に見た天竺へと運んでいるに違いない。

それは、明達にとっての「あるべきよう」だった。

三、明恵を歩く

(1) 紀伊へ

紀州・湯浅町の施無畏寺に着いたのは、電話で連絡していた通りの十一時半きっかりだった。大型台風が九州に接近しつつあるという。十月半ばというのに、朝から蒸し暑い一日だ。

庫裏の重い木の引戸を開けると、すぐに小柄な奥さんが出迎え、広い三和土に面した居間に案内される。続いて痩身長軀の住職が、笑みを浮かべながら白衣の夏姿で奥の間から現れた。

初対面の挨拶は、お互いの年齢だった。住職は大正最後の年にこの寺で生まれたと言う。兵隊にとられたが、すぐ終戦になって、苦しい体験をほとんどせずに済んだとも。奥さんは昭和六年生まれと言うから、私の二歳年上になる。

奥さんの淹れたお茶をすすりながら、まずは白洲正子の著書『明恵上人』から話に入った。

「白洲さんの文章は流れるようで、それでいて奥深いですね。どんな方でしたか」

記憶が薄れてしまったのか、私の質問がいきなり過ぎたのか、住職はちょっと当惑を見せ、見て取った奥さんが助け舟を出す。

「背のすらっとした方でしたね。二回くらいおいでになったでしょうか。昭和三十年代でした。ここへ来る道が、まだ舗装されていないころです。これ以上俗化しないといいのにねえと言われたのを覚えています」

昭和三十年代といえば、私が会社に入ったころだ。高度成長時代の入口。確かに古い。お二人の記憶が薄れているのも当然だろう。「夢記」を研究した河合隼雄のことなら記憶されているかもしれないと話題を切り替えたが、これに応じられたのも奥さんだった。

「奥さんと息子さんとで来られましたね。先生も二、三回お見えになったように思います。講演会か何かをされて、そのあと舟で苅藻島へ渡られました」

続いて話は、白上の庵のことに移る。この有田の地でも、明恵は何回か隠遁の場所を変えている。私の調べでは、白上が最初だったはずだ。

「そうです。白上にも東西、二つありまして」

西は海の見える丘、東はそれより山奥という。奥さんが自ら手書きされた地図を出し、ここに道標がある、この道は行かないようになどと親切に教え、そのあと住職が付け加えた。

「修行は、主に東でされたと思います。耳を切られたのも、東白上です」

あの、耳無法師のことだ。

「でも、いまは何もありません。卒塔婆があるだけです。秀吉の焼討で寺全部が焼かれ、奥の院の開山堂が一番古くて三百年、ここの持仏堂が二百年、庫裏は百年くらいでしょう」

気がつくと、住職はそばに置かれた、黒い子犬の像を柔らかく撫でながら話している。写真で見た、運慶作とも湛慶作とも伝わる高山寺蔵のレプリカに違いない。

「東白上で耳を切ったとなりますと、仏眼仏母像もここに掲げられていたのでしょうか。それには南無母御前々々々々々と書かれてあるそうですね。上人は、大変お母さんを慕われていたと伺います」

住職は、子犬に手を当てたまうなずいている。

実は、河合隼雄『明恵　夢に生きる』を読んでいて、女性に対する男性の心理について書かれている一節に出会った。そこには、彼の師であるスイスの心理学者ユングや弟子のノイマンの説が、複雑な図まで使って説明されている。いい機会だと、私は質問を投げる。

「河合隼雄によりますと、男性が女性を思う気持に二通りあって、ひとつは母性、ひとつは恋人とのことですが」

奥さんの反応が意外だった。

「ユングの説ですね」

住職でなく、奥さんの口からユングの名が出るとは思わなかった。

和歌山の地に足を運んだのは、もちろん明恵の足跡を実体験するためだったが、もうひとつ大事な目的があった。それは、明恵清僧説に関することだった。

同人誌の『飢餓祭』三十七号で、私は親鸞と道元を取り上げたが、その文献を読む過程で「明恵清僧説」に出会った。明治のころイギリス宗教学会から、「仏教では異性との接触が禁じられているはずだが、日本の高僧たちは本当に戒を守ったのか」という問い合わせがあった。それに対し、明恵一人が真に戒を破らなかった僧と回答したというのだ。

恋をしなかったひじりがいる。かつて、恋をしたひじりがいることに驚いた私だったが、何人ものひじりたちの恋を追ってきたいまは、逆である。

明恵が不犯を保ち続けたというのは、本当だろうか。図書館の蔵書などをあさった結論は、明治から昭和にかけての仏教史の権威、辻善之助が断言したのが決め手らしいということだった。ここは、雑誌『明恵讃仰』の事務局を長年にわたって担当してきた住職に、ぜひとも確かめておきたい。

「上人がただ一人、女犯戒を守った僧と言われていますが……」

この質問は、住職がすぐに受けとめた。

「『幼少のときより貴き僧にならんこと恋い願わくば、一生不犯にて……』とあります」

まさに、辻善之助が唯一の清僧と結論した『明恵上人伝記』の一節だ。私は住職のきっぱりした一言で、この話題を終えた。

あとは、大学時代の話、その後、著名な経済学者と親しかった話など、住職が若いころを回顧する話の聞き役に回る。聞いているうちに、一時間ほどが過ぎているのに気がついた。失礼をして、庭で昼食をとらせてもらうことにする。

海に向かったベンチに座り、リュックサックからコンビニで買ったお握りとペットボトルを取り出す。

古く大きな桜の木が数本、庭を取り囲んでいる。湯浅駅から乗ったタクシーの運転手が、「ああ、桜のきれいな寺ですな」と言っていた。

真向かいに、二つの島が見える。空は曇っているが、海は静か、島影はくっきりとしている。右側に、深めの皿を伏せたような苅藻島、左側はそれより少し背の高い鷹島だ。それぞれに小さな島が二つ、三つ寄り添っている。

八百年前、明恵もまた、この地からいま私が見る二つの島の姿そのままを眺めた。前後八回に及ぶ帰郷と隠遁。年が変わるたびに、その感慨も変化したに違いない。天竺渡航にあこがれ、捨身すら考えた信仰一途の青年期。夢に善妙を見、また善妙寺に多くの尼たちを迎えた中年期。そして病身を押してやって来た晩年。その折々に、島にどう語りかけ、島はどう答えたのだろう。

二つのおにぎりを食べ終わり、白上の峰へ向かうこととする。相変わらず空は一面の灰色だが、歩き出したころには薄日もときに漏れて、背中には、汗が伝い出してくる。雨の用心にと着たフードつきのヤッケは、リュックと一緒に寺に預けて来ればよかった。

しばらく登ったところに、奥の院があった。開山堂、本堂、鎮守の三つの小ぶりのお堂が、古い歴史を語るように鎮座している。同じく小ぶりの鐘楼が愛らしく、つつ

明恵が隠遁した白上庵近くから望む、苅藻島と鷹島

ましい。

つづら折りになった道をさらに登る。曲がるたびに、海が見え、島が見える。

住職は、一時間くらいかかるでしょうと言っていた。それが片道なのか往復なのかを、私は聞き忘れていた。そろそろ腰が痛み出す。

奥さんは「最近イノシシが出たそうですから、お気をつけて」と言っていた。イノシシよりも、この暑さでは、蛇が出そうだ。「マムシは大丈夫ですか」と聞いた私に、住職はいとも簡単に「いるでしょうな」と答えていた。手ごろな竹が打ち捨てられていたのを拾い、ことさら音を立てながら、杖の代わりにもする。

左右を鬱蒼とした木々が囲む狭い道を登るうち、白上遺跡と書かれた標識にたどり着いた。

住職の言った「一時間」は、往復のことだったらしい。

左へ行けば西白上、右が東白上とある。まずは西の遺跡へと進むが、途端に道らしい道が途絶え、深い林に入ってしまった。それでも人の通った跡らしいところを選んで登りかけてみたが、それこそマムシでも現れたらことだと断念し、引き返す。ここまでやって来ながら、明恵が見た海の景色を自分の眼で確かめられないのが残念だ。

再び道路に出てしばらく行くと、東白上の標識に出合う。道からやや外れて奥まった場所に、住職の言ったとおり、石の古い笠卒塔婆があった。

鎌倉時代、ここに明恵の庵があった。ここで彼は仏眼仏母像をかかげ、耳を切った。いまは、左下に小さなミカン畑が開けているほかは、竹藪や雑木の林が周囲を囲んでいるだけだ。

合掌をし、明恵が最期に唱えたという懺悔文、続いて般若心経を唱えて、私は道を降りることにした。

まだ日が暮れるには早い、山の午後だった。

（2）栂尾へ

明恵の肖像画といえば、国宝「明恵上人像（樹上坐禅像）」が随一だろう。私は、この絵に二回出合っている。いずれも京都の美術館だった。

掛け軸風の縦長画面いっぱいに描かれているのは、茶褐色一色の松林だ。空もない、地面もない。あるのは、何本もの赤松の幹、上方に向かって延びる枝、小枝に生えるおびただしい針葉だけだ。それだけでも日本画としては奇妙といえるが、中央に描かれているのは、木の股の上で坐禅にふける一人の僧だ。変わった坊さんだ。第一印象はその程度だったが、じっくりと鑑賞するうち、隙のない坐禅と落ち着いた面持ち、緊張と静寂の両方を漂わせているように思えてきたのだった。

明恵に関する書物には必ずと言っていいほど、この絵と一緒に、重要文化財の「明恵上人坐像」（彫像）の写真が載っている。くっきりとした鼻、二重瞼の眼、微笑を浮かべた唇と、全体に優しい美男子といった印象を受けるが、それでいて仏道に厳しい意志がにじみ出ている名作だ。大切に保存されてきたのだろう、茶褐色の肌と衣には、艶さえ感じられる。

この坐像にはまだ会ったことがない。毎年十一月八日に高山寺の開山堂で開帳されると知り、その日を心待ちにした。


目を覚ますと、台風や大雨の多かった年にしては、まれに見る見事な秋空だ。遠足に出かける小学生の気分で京都へ向かう電車に乗り、ルートを頭に描く。まず栂尾《とがのお》まで直行して高山寺に参詣し、そのあと坂を下って、戒光や明達の修行した善妙寺跡を訪ねるか、あるいは、先に善妙寺跡を探訪して高山寺へ上ったほうがいいか。迷った挙句、高山寺を後回しにした方がゆっくり山内を散策できると決心した。

私の調べた書物では、高雄小学校が善妙寺の跡だとする説明と、その小学校から発掘された宝篋印塔のある為因寺がそれだとする説明とがある。

紅葉にはまだ早いはずだが、それでも満員に近いバスに揺られること四十分。高雄学校前で降り、すぐ前にあった駐在所に飛び込んで為因寺のありかを確かめる。若いお巡りさんが出てきて地図を拡げ、親切に教えてくれる。地図にはバス道の周山街道そばに階段らしい記号があって、その先だとのことだ。

小学校は、駐在所のすぐ近く、バス道沿いにあった。運動場から、子どもたちの歓声が聞こえてくる。何かの手掛かりが得られるかもしれないと立ち寄ってみたが、ひとり教員室にいた若い男の先生は、「土地の者でないので……」と曖昧だ。何かわかればと名刺を残して、バス道に戻る。

地図で見た、為因寺に上がる石段はどこにと探すが、これがなかなか見当たらない。何度も道を行き来するうちに、道から下りるための小さな階段を見つけた。寺はいつも石段を昇るとは限らない、下りるときもあるのだと、このとき初めて知った。

階段を下りた先に、間違いなく為因寺の表札がかかった寺があった。寺というよりも、普通の人家がそのまま本堂兼庫裏になったような造りである。その境内に、ときおり古い墓地で見かける宝篋印塔とは違った形の、いかついが堂々とした石組みがあった。

最下段の四角い石の正面に、うっすら「阿難」と読める字が彫ってある。説明板には、「塔の裏面に文永二年（一二六五）の刻字があり、善妙寺の尼たちが阿難尊者を供養して建立した」とある。

明恵と明達が亡くなったのは一二三二年だ。だから、この塔が建てられたときには、二人はすでに天竺へと旅立っていたことになる。

元気があればここから峠を越え、高雄、栂尾と歩きたいところだが、バス停に戻ることにする。あとを振り返ると、ひとかたまりの集落が、盆地のように道の下に見えた。一軒の古い家の庭に大きな柿の木が立ち、四方に伸びた枝に、たくさんの実がついている。落ち着いた京の奥の秋だ。

バスはつづら折りの道を登ること五分ほどで、御経坂と書かれたバス停を過ぎた。明恵も喜海も、そして戒光や明達も、何度もここを往来したのであろう。いまは拡幅か何かの工事中、ひっきりなしに通るトラックや乗用車が行列を作って片側通行している。

広い栂尾パーキングエリアに到着し、いよいよ高山寺に上る。

もうすぐ明恵に会える。はやる気持を抑えつつ受付で拝観料を払い、確認をする。

「きょうは、開山堂の上人坐像が拝観できる日ですね」

即座に返って来た返事に、私の全身から力が抜けた。

「ちょうどいま、終わったばかりです」

聞けば、法要がある午前中の時間帯には開堂されるが、法要の終了と同時に扉は閉められると言う。

そうと知っていれば、こちらを先に来るのだった。電車に乗ってからの私の選択は、見事に誤っていた。

元気をとり戻し、石水院を訪ねることとした。以前訪ねたときには、有名な鳥獣戯画だけに興味があって、明恵についてはなんの知識もなかった。いま、主室である十畳敷きの間に上がってみると、床の間にあの樹上坐禅像が、その横の鴨居には「阿留辺幾夜宇和……」と、毎日の予定や訓戒を書いた黒い板が掲げられている。

そばには運慶作と表示のある子犬の像が置かれ、縁側に近い柱には、明恵が愛し礼拝してやまなかった「仏眼仏母像」の縮小コピーが貼られている。細い筆で書かれた「南無母御前々々々々」の字も、はっきりと読める。

やはり紅葉には早く、観光客もまばらだ。おかげで、貴重な遺物を一つ一つ丹念に見ることができる。見てゆくうちに、思い出したことがあった。樹上坐禅像の松林には小鳥が飛び交い、下駄や数珠、香炉も描かれている。だがいずれも同じ色、しかも小さいので、よほど注意深く探さなければ見つけられない。ものの本には、このほかにリスもいると書かれている。私も間違い探しクイズのようにしてほとんどを見つけたのだったが、リスだけが発見できないままだった。

それに気づいた私は、入口へと引き返す。受付の女性に尋ねてみると、笑いながらわざわざ絵のそばまで来て、左上を指差してくれた。なるほど、一本の赤松の細い幹につかまったリスが、こちらを向いてほほえんでいる。

南面を向いた縁側はゆったりとして、正面に庭を眺めることができる。広くはない庭の前方には、杉や赤松の木々がそびえ、さらに彼方には向山という名の小高い山が望見される。ときどき小鳥の声が響く。家を出たときに比べると雲が出ているが、かなり強い日差しが注いで、汗ばむほどだ。

ちょうど一カ月前、私は紀伊・湯浅の施無畏寺の庭から、明恵が見たと同じ海と島を望んだ。きょうは、同じように明恵が見たままの山の風景を眺めている。

この建物は当時のまま残されていて、現在、建物全体が国宝になっている。まさしくこの場所に、明恵上人が常住坐臥していたのだ。

ときには仏眼仏母像を拝して仏眼法を行じ、ときには坐禅三昧を味わい、ときには喜海と世間話を交わしたことだろう。善妙の夢を見たのも、この部屋に違いない。

石水院をおいとまし、少し坂を上がったところ、左手に茶園が開け、右手に扉が閉められた開山堂がひっそりとあった。前の広場に二本のモミジが立ち、その二本だけが真っ赤に紅葉している。戒光と明達が私を迎えてくれているのに違いない。一本はやや太め、もう一本は細めだ。どっちが戒光で、どっちが明達だろう。

さらに上がったところに、明恵廟があった。横に、さっきお参りした善妙寺の宝篋印塔と同じような、大きく古い石塔がある。全体を覆うように苔むしている。

周囲は、杉の木立だ。どの木もどの木も、見上げれば梢が天まで届こうかと思えるほど、まっすぐに高い。

ほとんど人はいない。一番奥の本堂まで上って参拝し、表参道を下って外へ出る。

寺域が遠ざかり周山街道が近づくにつれ、ひっきりなしに行き交う自動車の音が聞こえてきた。その音が途切れるときには、すぐ下を流れる清滝川の音が耳に届く。はじめは小さなせせらぎと思えたが、街道に出るころには、急流を思わせる音に拡がる。

次のバスが来るまでには、三十分くらいの時間がありそうだ。道の端のガードレールにへばりつくようにして、私はしばらく川を見下ろすことにした。

渓流は、大きな岩に当たり小さな石を越えて、かなりの速さで流れている。ところどころで、勢いよく水しぶきが上がる。いくつかの深い淵では底の小石が透き通って見え、川面にできた小さな渦の中で、白い泡ができては消え、消えてはできている。

この川のどこかに身を投じた明達の竜は、間違いなく明恵を天竺まで運んで行ったのに違いない。

ひんやりとし出した空気に包まれながら眺めるうち、バスが到着したのに気づき、あわてて飛び乗る。

高尾山の彼方に、日が傾いている。バスがさっき降りた高雄学校前を通過する。子どもたちの歓声でにぎやかだった小学校の校庭には、もうだれも残っていなかった。

深草の母――道元（一二〇〇―一二五三）

一、空手還郷《くうしゅげんきょう》

岸辺に茂る葦の間を縫って、ゆったりと淀川をさかのぼってきた舟が、淀へ着く。ここからは徒歩だ。

鳥羽口から朱雀大路に入れば京である。右手に見える東寺の五重塔、大路を行き交う馬上の武士や牛車の女性、五年ぶりに見る風景は、さすがに道元にとってなつかしい。しかし、戦乱や天災に見舞われた町の姿がそこここに残っていて、話には聞いていたが、実際に目で見ると心が痛む。

心が痛むのは、町の風景だけではない。ともに求道の熱意に燃えてこの地を離れ、宋へと渡った六歳年上の明全《みょうぜん》が、そばにいない。胸に抱くのは、遺骨である。

九条から、七条、六条と上るに従って、武士たちの屋敷が目立つようになる。五条大路を東に折れ、因幡堂を左に見ながらさらに進めば、まもなく鴨川に至る。橋のたもとから、建仁寺の屋根が見え出す。

道元は、比叡山を下り、ここ建仁寺で禅の道を教える栄西のもとに馳せた当時を思い出す。建保二年（一二一四）、まだ十五歳の若さであった。

山を下りたのは、ほかの鎌倉仏教を立てた僧たちと同じように、寺の権力化、世俗化に嫌気がさしたからであったが、彼の場合は、宗教的な動機の方が大きかった。仏性が人間に本来備わっているのかどうか、備わっているのなら修行するまでもなく悟っているといえるのではないか。その正答を求めて、師を探し歩いたのであった。

建仁寺で師でもあり同僚でもあった明全と入宋を決心したのは、九年後、貞応二年（一二二三）のときだ。四年をその国で修行に過ごし、いまは禅の教えをしっかりと胸にした二十九歳である。

「ただいま、帰りました」

栄西はすでに亡く、跡を継いだ住持に、さっそく帰国の挨拶をする。

「ご無事で何よりじゃった。外つ国では、天童如浄禅師のもとで修行して大悟を得られ、嗣法されたそうじゃな。その大義は、ゆっくりと承ることにしよう」

道元は、その足で栄西の墓に参り、明全を葬る。


数日して、住持が道元を部屋に招き、帰朝報告を受ける姿があった。周囲には、数人の高僧たちが同席している。

「さっそくだが、宋からは何をお持ち帰りになったかな」

同じ質問は、前年に帰国第一歩をしるした太宰府でも聞かされた。道元は、そのときと同じ答えをする。

「眼横鼻直《がんのうびちょく》」

「？」

「眼は横に、鼻はまっすぐ縦についております」

「あたりまえじゃ」

ですから、あたりまえのことを学んできただけのことですと言いかけて、道元は口を閉ざした。そこまで説明してしまっては、大先輩に向かって失礼であろう。

「わしが問うておるのは、いま宋の国で流行っている経典とか、珍しい仏像仏具とか、それに……金銀とか」

住持は、宋からの最新の情報や文物を得て、朝廷や幕府や比叡の総本山にあっといわせ、建仁寺の名をとどろかせようという魂胆らしい。

道元は、ここに着いたとき、むかしのままの山門や堂宇を心から懐かしく感じたのだったが、同時に、新しい押入れが二つ三つとふえているのが異様に思えた。この中に、どれほどの財宝が詰め込まれているのだろう。かつて同じ禅の道を教えた栄西の寺ですら、いまはこのような有様なのか。道元の心は曇った。

「そのような物は、なにもございません。空手還郷であります」

道元は、宋にあって正師を求め歩き、ついに天童山景徳寺で如浄と出会い、ここで悟り開いた瞬間を、きのうのように思い出す。

あれは、夏が終わろうとするころであった。暁の坐禅、午前三時に始まる行である。いつものように面壁し、結跏趺坐《けっかふざ》する道元の耳に、突如として雷のような師の一喝が轟いたのであった。

「この馬鹿者！」

だれかが居眠りをしたらしい。それを、師がはっしとばかり拳で打ったのである。

「お前は何をしに来ておる。貴重な時間を、居眠りして過ごすとはなにごとか。身心《しんじん》脱落《だつらく》してこそ坐禅である」

身心脱落――はじめて聞く言葉だ。道元の耳に、全身に、いや、心の一番深い奥底に、その言葉は音を立ててなだれ込んだ。人間の言葉ではなかった。仏の世界そのものが、塊となって飛び込んで来たのだった。

道元は、夜が明けるのを待ちかねたように、香を焚く器を手にし、師の部屋へと足早に進む。

道元の眼光に、如浄は何が起きたのか、すべてを理解した。

「その焼香は何じゃ」

「身心脱落であります」

師はうなずきながら、嚙みしめるように言う。

「身心脱落、脱落身心」

ここに如浄は道元の大悟を認め、印可を与えたのであった。

あれから、早くも二年が経つ。

なつかしんでばかりいられない。あの感激を、体験を、みなに伝えなければならぬ。私が伝えなければ、だれにできよう。

道元は、さっそく寺の僧たちを集めて、如浄の教えをひとつひとつ説く。

「私が師の下で学んできたのは只管打坐《しかんたざ》。ただひたすら坐禅する。これのみです」

「ほかの修行は要らぬと？」

「坐禅だけが、釈迦牟尼仏以来綿々として伝えられてきた仏の道であります」

「焼香は」「要らぬ」。「礼拝は」「不要」。「念仏は」「要らぬ」。「修懺《しゅさん》は」「不要」。「看経《かんきん》は」「要らぬ」。

口々に非難の声が上がる。

「そんな馬鹿な」「まともな仏道とはいえぬ」「わが天台の教えをなんと心得る」

建仁寺は、臨済宗の栄西が開いた寺ではあったが、比叡山の影響が色濃く、禅のほかに、天台、浄土、密教の各教をも兼修兼学する寺だった。

以来、何度「只管打坐」を僧たちに訴えたことか。だが、そのたびに無視され、なかには露骨に冷笑を浴びせる者さえいて、毎日が、光明を見いだせないまま過ぎて行く。

その道元のもとへ、ある春の午後、墨染めの衣を着流した一人の僧が訪ねて来た。

「名は懐奘《えじょう》と申す。師は達磨宗立宗の能忍直系の覚晏《かくあん》である」

能忍の名は聞いたことがある。道元の一世代前、法然や栄西と同時代に独学で禅を究め、達磨宗なる宗派を立てた、わが国の禅宗先駆者である。

聞けば、懐奘は道元の二歳上。道元の評判を聞き、どれほどの者かと探りに来たのだったが、二、三の問答を交わしただけで、道元禅の奥深さを感知したらしい。とりわけ只管打坐の思想には、心打たれた様子だ。

「ならば、この建仁寺で修行されるのは無理がありましょう」

かつて能忍の禅が比叡山に迫害されたことを、懐奘は知っていた。道元も、僧たちの冷笑の裏には比叡山からの圧力があることを察知していた。

懐奘にはなにか心当たりがある様子だ。再会をほのめかし、道元のもとから姿を消した。

建仁寺を出たい。

道元の心を決定的にしたのは、ある深夜のできごとだった。いつものように夜の参禅を終え、開枕《かいちん》（就寝）しようとする道元の耳に、どやどやと帰って来た若い僧たちの声が届いて来た。

「きょうの女は良かったぜ」

「貴僧は、どこの女と」

大原の里から、柴、薪や炭を頭上に載せて町へ出、売り歩く女性たちを大原女といった。僅かな量の柴を売りさばくだけでは、一家を養うことはできず、多くは春をもひさいでいた。桂川でとれたあゆを売る桂女、野で集めた花を売る白川女もいる。建仁寺からは祇園社が近い。ここに奉仕する巫女たちの一部も、同様であった。僧、武士、公家、金を持った男たちが相手にする女は、荒廃した京にいくらでもたむろしていた。

翌朝、さすがに道元は騒々しかった若い僧、といっても自分と何歳も違わない一人をつかまえて、詰問に及んだ。

「光陰は無常迅速である。一度しかない人生、しかも最も修行に励むべき時期をいたずらに過ごすとは、もってのほかではありませんか」

若い僧は、高々と笑いながら、逆手にとる。

「道元さん、なにを堅いことおっしゃるのですか。一度しかない人生だからこそ、われらが先達たちも、大いに楽しんでいるではありませんか」

貴族や高級武士たちの館には、夜な夜な祈禱や供養、行法と称して、僧たちが招かれていた。そこには、淀や、遠くは浪速の江口、江坂から上って来た遊女たちが出入りして、今様を歌い、白拍子を舞い、そのあとも客の求めに応じていたのである。

「隠すは聖人、せぬは仏」

若い僧の捨てぜりふに、道元は天を仰ぐ。

二、深草の母

僧たちのふしだらな生活、比叡山の無言の圧力に憂鬱な日々を送る道元のもとに、懐奘から一通の書状が届いた。京の東南、宇治に近い深草の地に極楽寺という古い寺があり、その別院の安養院を禅道場にしてはどうかというのだ。宇治に近いというのが道元の気持を動かした。京の町から適当な距離で離れており、幼少のころ、宇治・木幡にある母方の松殿家の別荘で過ごした懐かしの地でもある。

数人の弟子たちと訪ねてみると、茫々と雑草が茂る野の中の丘に、たしかに古い、しかし格式ある形を整えた無住の寺があった。道元は、ただちにここを修行と教化の本拠地とすることを決め、改修を施したのち法話と坐禅の毎日が始まった。寛喜二年（一二三〇）七月、道元三十一歳の初夏。道元禅の布教第一声であった。

噂を聞き、道元のもとへ集まる僧たちが増え、手狭になってゆく。三年後、極楽寺の一角を整備して観音導利院と名づけ、そこへ移る。

さらに彼の夢は、宋で見た本格的な禅堂へと広がるが、資金のめどが立たない。そこへ現れたのが、またしても懐奘であった。堂宇を寄進しようという篤志家がいるというのだ。それも、尼僧であると。

冬の日が、深草の庵に柔らかく差し込んでいた。牛車の車輪がきしむ音に、高貴な人の到着と知った道元は、外へ出迎える。徒歩でお伴してきた懐奘がしずしずと御簾を開ける。中から現れた黒い衣に純白の頭巾姿の尼僧を一見して、道元は、あの身心脱落に匹敵する衝撃を受けた。八歳のとき死に別れた母にそっくりなのである。

「正覚《しょうかく》と申します」

物静かで気品があり、それでいてどこか凛とした響きを持つ話し方までが似ている。歳は五十代なかばといったところか。

中へと招き入れ、かたち通りの挨拶を交わしたあとは、三人で禅談義に移る。正覚尼は、すでに懐奘かその周囲から、禅について教えを受けていたのであろう。道元との会話にも的をはずさぬところがある。

「ご一緒に」坐りたいと言う。道元は喜んで坐蒲をすすめる。寸分の隙がない坐禅姿にも、長い経験がうかがえた。

坐禅のあとは、一服の茶だ。茶は旧師の栄西が宋から持ち帰った貴重な薬である。茶を飲む正覚尼の口から、こんな言葉が飛び出した。

「懐奘さんからお聞きしたところでは、この地に禅の道場をお造りになりたいとか」

「その通りです。この観音導利院を仏殿とし、あと法堂と僧堂を設けることで、一応の形を整えたいのです」

道元を慈しみ見る正覚尼の目に、真剣さが加わる。ややあって、

「その法堂をご寄進申し上げましょう」

あらかじめ聞いていたこととはいえ、道元の驚きと感謝はたとえようもない。返す言葉も失い、ただ深々と礼をするだけの道元をあとに、正覚尼と懐奘とは来た道を帰って行った。

二人が去った部屋にひとり残ると、道元の心に封印されていた母の記憶が、堰を切ったようによみがえってきた。

父・源（久我）通親《みちちか》は三歳のときすでに亡くなっており、思い出はない。道元にとって、いとしい親といえば母しかいない。

その母に、悲しい過去があると知ったのは、父に代わって道元を養育した異腹の兄からであった。兄といっても三十歳近くも歳が違い、父に近い存在だった。

兄の語ったのは、次のようなことである。

「お前の母は藤原氏の名門・藤原（松殿）基房《もとふさ》の娘で、公家仲間から『無類の美人』と讃えられていたらしい。十六歳のときその美貌が禍して、京に乗り込んできた田舎侍の木曽義仲に無理やり奪われた。義仲が敗死したあと、今度は基房が政略的に私たちの父、通親と結婚させたのだ」

兄が母について語ったのはこの一回だけだったが、そのときの兄の表情まではっきりと覚えている。

兄の言葉とともに、母が遺した言葉が忘れられない。四十年の短い生涯を閉じるにあたって母は、八歳になった道元を枕元に呼び寄せ、こう語った。

「いまから私は、あなたの父のところへ行きます。私がいなくなったあとは、必ず剃髪染衣して仏道を修行し、私たちの冥福を祈っておくれ」

母の葬儀が遠く高雄寺で催されたときにも、昇りゆく香煙を見ながら、幼い道元は諸行無常を心に焼きつけた。

道元の出家の決心は、このとき定まった。長じて、叔父である藤原師家の養子となり、将来が約束された官の世界に入ることをすすめられてもきっぱりと断り、十四歳にして比叡山に上った。

かすかな思い出をたどればたどるほど、母への思慕は募る。その夜、深草の空には三日月が浮かんでいた。道元は裏手の森に迫りくる寒気も忘れ、縁に出て月を眺める。

幼少のころ、道元は文殊丸と呼ばれていた。木幡の別荘で、ときには「きしゃごはじき（おはじき）」に、ときにはまりつきで、一緒に遊んでくれた母の姿。まりがそれて、自分と同じ子どものように追いかけた母の高い笑い声。

あれは五歳か、あるいは六歳のときだったか。侍女が目を離したすきに、縁側へと歩きだした途端、庭へ転げ落ちてしまった。泣き叫ぶ自分を、飛んできた母がしっかりと抱きしめる。あのときの、ふくよかな母のぬくもり――。

家を出、俗を離れて坐禅一筋の修行をしてきた身として初めて、道元は人を、女性を想ったのである。

以来、正覚尼はしばしば深草を訪れて来るようになった。ときには懐奘を伴わず単独の来訪もあり、また、二、三人のお付きの者だけと徒歩で来ることもあった。意外と近いところに住んでいるのかもしれない。

寺では、参禅とともに道元の法話を聞く一門の一人として、とけ込んでいった。

いつのまにか、正覚尼の牛車の音を、道元はからだで覚えていた。その音が小さく聞こえ出すたび、どれだけ心ときめかしたことだろう。

そして坐禅のあとの、二人だけのひととき。外に目を移すと、春にはうぐいすが鳴くのが聞こえ、秋には見事に紅葉した一本のカエデがあった。静かな時間だったが、目の前の正覚尼のまなざしを見るたびに母のまなざしを、声を聞くたびに母の声を思い出し、心の中に波が立った。

彼女と会うたびに、ふたたび母の胸に抱かれたいと思う。ときには母でなく、正覚尼その人の胸に。

翌年、法堂の上棟も済み、春の訪れとともに快い槌の音、かんなの音がまわりの山にこだまするようになった。正覚尼は、深草の地を幾度も訪れては、わが子の育つさまを慈しむように、建設の進行を見守る。

このころ、懐奘が正式に入門した。道元は、何度も懐奘に正覚尼の本性をただすのだが、その都度、彼はかたく口を閉ざしてしまう。遠回しに正覚本人にも尋ねてみるが、同じことであった。懐奘自身の素生も本人の口から出ることはなかったが、言葉の端々からは、やはり藤原家の末裔ではないかとうかがえた。

法堂の大方の外観が出来上がったころ、懐奘からこんな話が持ち上がった。

「内部に備える法座のことですが、ある方が、寄贈しようと言われています」

弘誓院《ぐぜいいん》・藤原教家《のりいえ》。その名を聞いて、道元はどこかで聞いた名前だと思う。懐奘の説明で、謎の糸がほぐれて行く。

「弘誓院どのの母上は、もと関白・藤原兼実《かねざね》の兄の基房どのの娘……」

まで言って、懐奘ははっと口に手を当てた。藤原基房の娘。その人はまぎれもなく道元の母でもある。つまり、藤原教家の母は道元の母と姉妹、道元と教家とはいとこの関係ということになる。

しかも、あの正覚尼こそ、懐奘がうっかり口にした藤原教家の母その人ではあるまいか。まさか、が、もしや、に変わる。正覚尼は、道元の母と姉妹、おそらく妹だった。妹ならば母と似ていて当然だ。悲劇の姉から、愛する遺児、道元のあとを頼まれていたとしても不思議でない。

ますます道元は、正覚尼に母の面影を重ね合わせ、いとしさに心を震わせる。

弟子たちの教育、法話、みずからの参禅、修行、それに大著『正法眼蔵《しょうぼうげんぞう》』の著作と、多忙な日々を送るもとで、懐奘は道元の良き話し相手だった。信仰にかかわる話だけでなく、ときには茶を飲みながらの世間話に、忙中閑の時間を過ごすこともあった。

ある夜のことだ。懐奘は、かねてから聞きたかったことを口にした。

「門下には尼僧もおります。修行僧の中には、女性を見ると心が乱れるという者もいるので、尼僧の入門はお断りになった方がよかろうかと思いますが」

道元は答える。

「とんでもないことです。女人には生まれつき障《さわ》りがあり、成仏できないと説く者がいるが、これは間違っています。女人に対しても慈悲をかけるのが菩薩の道です」

「師は、かつて建仁寺の僧たちが交会淫色の話にふけっているのを猛攻撃されていました」

「私は、淫らな会話だけを善くないと言っているのではありません。交会淫色にしろ、乱酔放逸にしろ、一度しかない人生の貴重な時間をむだに費やすことが、見逃せないのです。生死事大、無常迅速。後日を待って行道しようなどと思ってはなりません。今、たった今を大事にして、日々時々に、勤むべきです」

「諸悪莫作《まくさ》。『諸悪を作《な》す莫《なか》れ』ですな」

「私は、『諸悪を作すこと莫《な》し』、さらには『諸悪は莫作なり』と読みます。諸悪をなすなかれといっても、他から強制され、あるいは人目を気にして悪をなさないのは、正しい行いといえません。精進を積んで一日も早く、自然に諸悪をなさない境地になってほしいのです。悟りの世界では、『諸悪はすでに作られず』なのです」

嘉禎三年（一二三七）秋、待望の法堂が竣工した。秋晴れの日、厳かに、そして華やかに、開堂の法会が営まれ、道元は寺を興聖宝林《こうしょうほうりん》寺と命名する。次いで僧堂も、懐奘の勧進や弟子たちの浄財で完成し、ここに、悲願の禅道場が深草の地に現出した。五年後の春には、懐奘の紹介で達磨宗の宗徒たちがどっと入門したこともあって、この寺で修行する雲水たちは二百人を超えるようになった。

弟子の数がふえ、それなりの僧団を形成するようになると、北の比叡山からも、南の興福寺からも、白河法皇を悩ませた強訴まがいのいやがらせが、日増しに露骨になってゆく。そんなとき、運よく越前の地頭、波多野義重という大支援者が現れた。その支援のもと、遠く北陸の山に新たな寺、大仏寺を開くこととなる。

その日、いつものように坐禅を終え、向かい合った二人は、懐奘の差し出した茶に手を付ける。

「お世話になりました」

一服のあと、静かに道元がいう。

思えば、はじめて会ってから八年の歳月が流れている。正覚尼との坐禅もきょう限りだ。

「あれは、寒い日でしたね。道や家の日陰に、雪が積もっていました。早いものです」

正覚尼が、自ら寄進した法堂の内部を見まわしながら述懐する。真新しかった法堂の柱も、法座の囲いも、年を経てやや黒ずんで見える。

きょうこそ。

道元の手が、膝に置いた彼女の白い手に伸び、そして重なった。彼女は、避けようともせず、正座したまま目を閉じる。

手を重ねあわせた二人だけの時間。小さく柔らかな女性の手は、まさしく母の手だ。正覚尼の心もかすかに波打っているのが、伝わって来る。

庭の木の葉が一枚落ちたとき、道元は静かに手を離した。

北陸の地へ移ってからまもなく、大仏寺は永平寺へと発展する。これぞ夢に見た、壮大な禅道場である。

新しく成った永平寺で、道元は念願の亡母の法要を二度も営む。

「母上。母上の遺言を守り、私は仏の道を一途に歩んでまいりました。宋国にもわたり、そこで伝来の法衣を嗣ぐこともでき、そしていま、釈迦牟尼仏以来脈々と正伝されてきた禅を、あまねくわが国で広げる基礎も固めることができました。ひとえに仏祖の、母上のご加護あってのことであります。母上は、私にとってこの上ない心のよりどころでありました。これからも、そうあり続けることでありましょう」

三、道元を歩く

ある日、私は電車の中で文庫本の『正法眼蔵』を読んでいた。本職の僧侶さえ手こずるという難解な書物だ。本文と脚注の間を何遍も往復しながら格闘していたとき、その紙背から発生する、得体の知れぬパワーを感じとったのだ。むかし、青の貴石、ラピスラズリの原石が山盛りになった上へ手をかざしたところ、ぴりぴりと電磁波のような刺激を受けたことがある。同じようなパワーが、書物から私の手に伝わって来たのだった。

文章が強い。

文章が強いということは、道元自身が強いということだ。例を挙げ、言い回しを変え、懇々と説く。ひとことひとことに力を注ぎ、自信を込めて断言し、強調する。そしてわれわれに迫るのだ。

「弱き者よ、日々勤めていまを生きよ。みずからの本性に目覚めよ。そこには、善悪や生死をはなれた、自在の世界が開けている」

ここが、ほぼ同時代を生きた親鸞と決定的に違う。親鸞は、卑屈なまでに自らを煩悩の海にどっぷりつかった恥ずべき人間だとし、われわれ衆生と同じ目線で、こう訴える。

「弱き者よ、弱いままでよい。その身と心のすべてを阿弥陀の前に投げ出し、頼り、まかせよ。そこには死後の浄土が約束されている」

親鸞ゆかりの寺歴訪のあと、引き続いて道元の足跡をたどろうと思ったのだが、足早くやってきた冬に、本能的にたじろいだ。若いときから血圧の高い私は、冬を苦手としている。

天気予報は連日、「今年一番の寒さ」「大寒気団がやって来る」と繰り返す。一月なかばを過ぎたころからは、日本海側は「観測史上最大」の積雪記録が次々に更新される始末である。

やっと「あすは久しぶりに寒さがゆるむでしょう」と聞こえて来たのは、節分の翌日であった。

訪問したい寺は、前一、二章に登場する四カ寺、すなわち京都の建仁寺と、深草の極楽寺、安養院、興聖宝林寺である。建仁寺は現存するから問題ないのだが、ほかの三カ寺については困ったことに、名だけでなく、その歴史を伝える寺がいっさい見当たらない。宇治の現・興聖寺は、後世に建てられたものだ。

ただ、伏見区の京阪電車深草駅とＪＲ奈良線に挟まれる区域に極楽寺町という地名があるので、極楽寺がこのあたりにあったという想定はできる。とくに、宝塔寺（現在は日蓮宗）という寺が、寺伝では極楽寺の後身だとされていると知った。従って「極楽寺の別院」である安養院も、「極楽寺の一角を整備した」観音導利院（のちの興聖宝林寺）も、宝塔寺の近傍にあった可能性が高い。

もうひとつ、京阪電車・墨染駅近くに、欣浄寺《ごんじょう》（曹洞宗）という古刹がある。この寺には、こちらが安養院の跡だという言い伝えがある。本によっては、安養院が衰退したときにここへ移ったという説明もある。いずれにしても無視できない。

ということで、建仁寺、宝塔寺、欣浄寺の三カ寺を訪ねるのが、今回の計画である。

午前八時、家を出る。天気予報は久しぶりの暖かさというが、息は白い。セーターにジャンパー、さらに分厚いコートを着たうえに、妻はマフラーとマスクに手袋まで着けて行けという。豪雪のモスクワを守る兵士さながらの完全武装だ。使い捨てカイロのおまけまで付いた。

道元が歩んだ順序からいえば、まず洛東の建仁寺、そして深草の宝塔寺、欣浄寺へと南下してゆくのが順当である。ところが案内書には、欣浄寺は普段、本堂を施錠していて電話予約が必要とある。そこで事前に電話したところ、この日、住職は午前中しかあいていないという。寺と道元とのかかわり合いについては、ぜひとも住職に直接聞いてみたい。そんなことで、まっさきに欣浄寺を訪ね、そのあと宝塔寺、建仁寺と北上することとした。

ＪＲ京都駅で奈良線に乗り替え、東福寺に近い東福寺駅、伏見稲荷近くの伏見駅と過ぎ、三つ目の藤森駅で降りたのは十時半だった。外へ出れば、空が真っ青の快晴だが、やはり京都の冬、ときおり吹いて来る風が身を凍らすように冷たい。さいわい目指す欣浄寺まではゆっくりした下り坂だ。京阪の墨染駅まで下れば、寺まですぐのはずであった。

ごく近くらしい場所まで来て迷った。壮大な寺を予想していたところ、山門もなく、道路わきの駐車場がそのまま本堂の裏で、狭い横道から境内に入るという具合なのだ。庫裏のベルを押して出て来られた坊さんが、また予想外だった。電話の落ち着いた話しぶりからは、かなり老齢の住職を想像していたのだが、目の前に現れた坊さんは、髪こそきれいに剃られているが、ジャンパーにズボン姿。髪があれば、茶髪が似合いそうな青年である。

さっそく本堂を開けてもらう。目に飛び込んできたのは、丈六の大仏。一般に伏見

深草安養院跡とされる欣浄寺

大仏と呼ばれている仏像だ。その横に、道元自刻と伝わる石像や古い位牌がいくつか。

それらを拝観して、写真はいいですかと問えば、即座に「ご自由に」。これも意外だった。

さてと広い畳の間に座って、ある著名な学者が書いた道元伝のコピーを取り出す。そこには、欣浄寺らしい写真が載っているが、いま見たばかりの外観とはかなり違う。住職は、その写真を見るなり、驚嘆の声を上げた。

「古い写真ですねえ。おじいさんのころです」

打ち解けたところで、私は本題に入る。ここ欣浄寺が安養院そのものの跡なのか、よそから移ってきたものなのかという件だ。写真のキャプションには「深草安養院蹟」とはっきり書かれているが、このあと訪ねようとしている宝塔寺は、京阪電車で北へ駅二つ離れていて、その距離は二キロ以上ある。いくら当時の極楽寺が広大だったとしても、同じ域内だったとは思えない。

私の質問に、住職はずばり答えた。

「移って来ました」

「それは、いつごろですか？」

私は即座に聞く。私にとっては大事なところなのだ。実際に道元がこの寺に住んだかどうかは、イメージ作りに大きく影響する。

住職は、なにやら頭の中で暗算を始める。ややあって出てきた答えは、「約」とか「大体」とかがつかない、明確な数字であった。

「七七〇年前です」

私は、何かの本で十六世紀ごろ移転したと読んだのを思い出す。予想していた年代と違うが、とにかく現在の二〇一二から七七〇を引いてみる。一二四二。ということは、道元四十二歳。道元はちょうど西暦一二〇〇年生まれなので、計算がしやすい。永平寺へ行く直前のころか。

「でも、真実はわからないというのが正直なところです。私も父から聞いただけで、その父も詳しいことは分からんと言っていましたから」

　そう言い切られてしまうと、これ以上、話の持って行きようがない。たしかに、道元の人脈にしても行状にしても、いろんな学者がいろんな説を唱えているが、結局のところ、事実といい切れるものはほとんどないのだ。

　私は、第二の関心事に移ることにした。

「道元には、愛する女性がいたのでしょうか」

　住職の反応を待つが、あまりにもずばり過ぎる質問だったのか、なかなか出て来ない。やむなくこちらが話を続ける。

「私が文献や資料を読んだ限りでは、一人も出てきません」

　やっと口を開いた住職の答えが意外だった。この寺は意外続きの「意外寺」である。

「実際、そうだったのでしょう。道元禅師の気持が、私には分かります。いま現に、独身です」

「はあ」

「永平寺で修行すると、分かるのです」

「？」

「永平寺の生活は、淡々とした毎日です」

文脈がはっきりしない。これが禅問答というものか。頭の中で住職の言葉を整理する。

淡々とした生活。つまり俗世を離れ、修行一筋の世界。そこで只管打坐に打ち込んでいれば、愛だの恋だのは自然と意識から離れる。こういうことなのだろうか。とすれば、道元に女性がいなかったというのは、伝説でも理想化でもなく、れっきとした事実かもしれない。

『正法眼蔵』にも、そんなことが書かれていた気がする。

「『正法眼蔵』は、むずかしい本ですなあ。プロでも難しいでしょう」

話題を振ったつもりの私の問いに、今度はこともなげに答えが返ってきた。

「当たり前のことが書いてあるだけです」

あなたは、ちょっとばかり読みかじっただけでしょう。まだまだ修行が足りませんなあ。住職の真意をそう読んだ私は、ここが潮時と判断した。午前中ならと言っていた住職に迷惑をかけてもまずい。

最後に、「ご朱印はいただけますか」と聞く。私の気持を読んでいたかのように、住職はいつのまにか小さな紫色の風呂敷包みを手にしている。手品師のようにさっとばかり風呂敷を取り払うと、うるし塗りの小さな角盆が現れ、その上には、まぎれもなく鮮やかな朱印が押された紙があった。やっぱりここは意外寺である。

外へ出ると、朝よりも少し暖かくなっている。それでも、庭の池に張った薄い氷が解けきっていない。

時計は十二時近くになっている。京阪の墨染駅前で食堂を探すが、なかなか見つからない。やっと見つけたお好み焼き屋で、焼きそばを注文する。

「きのうは、マイナス三度とかいうてました。この冬一番の寒さでした」

テレビで何回も聞いたせりふだ。

京阪電車で京都方面へ二駅、その名もずばり深草で降りる。

すぐ前を南北に通る道が、広過ぎず狭過ぎず、かつて主要街道だったことを匂わせている。少し歩けば、近代的な家に混ざって、黒い板塀、真っ白な漆喰、赤いベンガラの柱や格子、虫籠窓《むしこ》のある家が現れる。地図には「大和街道」とある。道元の時代にもあったとすれば、草原か田んぼの中を一直線に通るこの道を、彼は京から下って来たに違いない。

街道に沿って、小さな一本松がある。これがまた、よく似合っている。一本松を東へ折れたあたりが極楽寺町だ。さらに進んでJRの踏切を越したところに、宝塔寺の総門があった。

ここからは上り坂になって、何段もの石段の両側に、子院が並ぶ。この風景の写真も、さきの欣浄寺の写真が載った同じ文献にあり、やはり「興聖宝林寺蹟」と断定をしているが、正しくは「興聖宝林寺蹟という説もある宝塔寺」と書くべきだろう。

登りつめたところにあった本堂は、重要文化財の堂々たる建物である。右手には、小ぶりながら端正な趣の多宝塔が建っている。

だれもいない本堂に上がり、廻縁から洛西を眺めた。やや雲が広がってきたものの、遠くに山並が望まれ、手前には京の町が広がっている。こうして見ると、京都も案外広い平野だ。裏手には稲荷山に続く森を背負い、ときおりカラスの声が聞こえてくる。この場所に興聖宝林寺が開かれたとすると、さぞ道元は周囲の風景と静寂に満足し、坐禅に集中できたに違いない。

ここでも住職に会ってみたいと思うが、庫裏らしきものが見当たらない。ひとり杖をついた老人が上がってきただけで、人ひとりいる気配もない。やむなく坂を下りかけて、右手に塀、さらにその奥になにやら建物があるのに気がついた。方丈と書いた表札がかかった門をくぐってみると、なんと楼閣のような煙出しを頂く、立派な建物が眼前に現れた。典型的な大寺院の庫院だ。あえて、これぞ正覚尼が寄進した法堂、と連想してみる。中へ入って朱印をお願いしているしばしの間、私は、奥の方丈で弟子たちに説く道元の姿を、しっかりと頭に描いていた。

京阪電車に乗り、そのまま建仁寺に近い四条川端に着く。親鸞の道を追ったときと同じ四条通を東へ向かい、お茶屋「一力亭」の角、花見小路を抜ければ、建仁寺の北門につき当たる。あとから聞けば、京阪四条駅からは、すぐ南へ下がり、団栗《どんぐり》通を東に入るのが近道らしい。

主な見学場所は方丈。いくつもの部屋が中庭をはさんでつながる、立派な空間だ。

道元は、この寺で只管打坐を理解してもらえない悔しさともどかしさを味わった。忌わしげな、金銀財宝をかくした押入れはいずこに。そんな目で拝観順序の矢印に従って見て歩くが、残念なことに、慶長年間（一五九九）の建立というから、道元の見たそのままではない。

　受付にいた寺の人をつかまえて、質問を投げかけた。

「鎌倉時代の名残はないのでしょうか」

「一番古いのが勅使門。でも、これも室町時代です。そもそも、建仁寺が栄えたのは室町時代です」

「栄西のころは、大きくなかった？」

「そのころは天台の一院でしたから」

　だから、道元もここを去ったのだ。

　堂内にある案内図に、明全の墓と示されている場所がある。受付のある本坊を出た庭園の一角である。道元とともに宋に渡り、そこで客死した明全の墓を、ぜひとも参拝したい。以前訪れたときにも、境内の一角に五輪塔があったように思う。そこで、外へ出て地図と記憶を頼りに墓を探すが、どこにも見当たらない。もう一度受付へ戻り、確認してみたところ、

「塔頭の中にあって、非公開です」

という。首をかしげながらも、自分の思い違いであったかと諦めた。

朝から歩き通しだ。歩数計を見れば、一万歩を軽く超えている。この辺でひと休み、と思っても境内にベンチというものがない。

見回せば、三門（望闕楼）のあたりは人通りも少なく、池の周りを取り囲む石組みに、なんとか腰掛けられそうだ。どっとばかり、腰を下ろす。

寒さは和らいでいる。午後三時。冬の午後とはいえ、まだ夕暮れには遠い。再び晴れ出した空にそびえる三門を眺めるうち、私は自身の「ひじり」遍歴を振り返っていた。

六十代半ば、我欲を捨てた快い人間関係を保ちながら定年後を過ごす夢を描いて、私は「ひじり」探訪の第一歩を踏み出した。これが、一遍、次いで西行、芭蕉……とつながっていったのだったが、そこに私がまざまざと見たのは、煩悩を捨て、枯淡の中に晩年を送ったとばかり思っていたひじりたちが、女性を慕い求めるなまなましい姿であった。私は驚き、次に共感した。お前たちもか。ひじりたちが、私の身にまるごと重なったのである。

当時、私はひとりの女性に恋をしていた。恋といえるかどうかは別にして、定年後の不安定な心の寄りどころを求めていたことは間違いない。その恋は、一編の短い小説作品となって、それなりの好評を得る。しかし、女性からの一方的な断絶で終焉を迎えた。無常観もまた、みごとなまでにひじりたちのそれと重なったのだ。

その意味で、「恋するひじりたち」は、客観的な伝記ではない。史実や資料の紹介でもない。彼らに仮託した私の心の軌跡だ。

いま、私は七十代後半にいる。長い旅の間に、当然私の心にも変化があった。やはり彼らが身にしみた老いのさびしさ、そして死のおびえが、歳を重ねるにつれて現実味を帯びてくる。そういう身になって気づくのは、「恋するひじりたち」には愛や性とともに、必ず死の現実がつきまとっていたことだ。愛する者の死、そして主人公自身の死。

私の逍遥の最後に行きついたのは、旅立ちのときには想像もつかなかった場所――道元であった。当初私の頭にあったひじりたちのリストに、この高僧はなかった。

只管打坐の世界は、私にとってまだまだ未知だ。やはりすべてを捨て、身心を放り出す世界なのか。あるいは別のものか。
私の旅は、到底終わりそうにない。
冬の夕暮れの中、私は立ちあがる。冷たさを増した京の風が、寺の木々に鳴った。

春駒――一遍（一二三九―一二八九）

一、止まる独楽《こま》

何かの音がする、低い音だ。近くの田で鳴くヒキガエルの声かもしれない。河野通《みち》尚《なお》は、いぶかりながら隣で眠っている二人の妻に視線を注ぐ。そこには、いつもと変わらぬ柔らかな表情が……と思った直後、両人の顔が同時にゆがみ始めた。眉がつり上がり、口が曲がる。目がかっとばかり開いたかと思うと、長い髪の毛が逆立ち始めた。何事かと見据えるうちに、髪は無数の蛇となり、相手に食いつき始める。

ただ事ではない。通尚はとっさに立ち上がり、床の間にあった刀を抜き、食い争う蛇の群れを次々に斬り散らす。

ここで目が覚めた。全身に汗が噴き出ている。ほっとしながら隣を見ると、蛇こそいないが、美しいはずの妻の一人はだらしなく口を開け、一人は胸をはだけて眠りこけている。

蛇の食い合いは、二人の愛憎の争いだろう。そして妻たちのあられもない現実の姿。日ごろはともに愛らしく夫につかえている女たちが、一枚皮をはげば嫉妬に狂い、醜くからだをさらけ出す。

通尚は承久の乱から十八年後の延応元年（一二三九）、伊予に武士の子として生まれた。

河野氏は、河野水軍の血筋を引く一族。通尚の父は河野七郎通広《みちひろ》、のちに出家して如仏といった。祖父河野通信《みちのぶ》は、承久の乱で朝廷側についたため奥州に流刑、その地で亡くなっている。

十歳にして母に死別。父の命で太宰府の聖達《しょうたつ》に入門後、別の僧の下で智真と名付けられる。その後再び聖達につくが、二十五歳のときに父が死没。家を継ぐために還俗して、いまは再び通尚と名乗っている。

家へ戻ってしばらく経ったころだった。父の残した遺産相続をめぐって、一族に争いが起きた。通尚に一人の兄がいたが、幼い子を残して亡くなっている。その子はまだ元服に至ってないが、その側につく縁者たちが、通尚側と争いになった。話し合いに臨んだ双方だったが、話はこじれ、兄側の四人が刀を抜いた。逃げる通尚を追う四人。双方とも腕に自信のある武士たちである。通尚は振り向きざまに相手の太刀を奪い応戦するが、三対一では到底勝てそうにない。裸足になって逃げだしたのだった。金と土地の取り合いの果ての刃傷沙汰。通尚は我欲の醜さに愛想をつかす。追いかけるようにして蛇の夢。再び仏門に入りたい気持がもたげた。

決定づけたのは六歳になるわが子と輪鼓《りゅうご》で遊んでいるときだった。輪鼓というのは、普通の独楽《こま》二つを頂点でつなぎ合わせた、砂時計形の独楽で、そのくぼみ部分に糸や棒を当ててまわしながら遊ぶ。

くるくると回る輪鼓を見るうち、通尚はそこに輪廻を見た。生き死にを何度も繰り返しながら、迷妄の世界から抜け出せず、永遠に回り続ける輪廻だ。

師の聖達は、法然の弟子、証空の流れを汲む。当然、専修念仏を宗義とするが、その底には、あらゆる欲を捨て、迷いの輪廻から抜け出せという仏教の基本がある。そのとき、子の操る棒が滑って輪鼓が地に落ちた。落ちながらもしばらくまわっていた独楽が、やがて静止する。その瞬間、彼は師の教えを悟った。

「回せば回る。回さざれば回らず。輪廻もかくの如し」

みずからの業が絶たれれば、流転はやむ。これこそ、生死の理《ことわり》、仏法の要《かなめ》だ。

彼は、取る物も取りあえず、信州の善光寺へ向かうことを決心する。四百年むかし、教信という念仏僧がそこを訪ね、ただ念仏せよとのお告げをいただいたということを、師から聞いていた。

いまや彼は、河野通尚でなくなった。再び三十三歳の念仏僧、智真に生まれ変わった。

伊予の山が春めいてきた日、智真は海路を東へ向け出発する。善光寺に着いたときには、梅雨に入っていた。

さっそく本堂に参籠して啓示を待つ。

三カ月ののち感得したのは、二《に》河白道《がびゃくどう》図だった。白道とは、衆生が死没して極楽浄土へと赴く途中、渡らなければならない狭い道のことだ。右には赤い炎の河、左には青い大波が立つ河が迫っている。道からどちらかに落ちれば、それまでだ。恐れをなして引き返そうとしても、そこには猛獣が待っている。向こう岸で招く阿弥陀如来に勇気づけられて渡り切った者だけが、浄土に到達できる。

帰郷後、生家近くの窪寺の庵室に二河白道図を掲げ、異母弟の聖戒とともに念仏の世界に入る。

修行すること三年、ついに彼は遁世してひじりになることを決意した。

　となふれば仏もわれもなかりけり南無阿弥陀仏なむあみだぶつ

阿弥陀念仏を貫いた先輩ひじりたちの名と行状を、彼はよく知っていた。教信、空也、親鸞。彼らのごとく、諸国を歩き、布教する。これこそわが道と悟った彼は、家族にそれを告げる。

「私は、あすから諸国を行脚し、衆生の皆々にお札を付与して歩く。その道は大変な苦労になると思う。それでもついてきてくれるかどうか。いま決心してほしい」

二人の妻は、言葉に詰まる。しばらくあって、超一という名の妻が言った。

「私は行きます。頭も剃ります」

もう一人は言葉を濁す。

最後にはっきりと答えたのは、十歳を迎えた娘、超二だった。

「私も行きます」

四年前、あの六歳だった子が輪鼓を落としたことで、智真は悟りを開いたのだ。

「そうか、お前も行くか。つらいぞ」

智真、超一、超二、それに召使の女性・念仏坊と聖戒の五人は、こうして住み慣れた伊予を後にした。


ひじりにとって縁深い大坂の四天王寺、高野山を経て、熊野本宮に着いた。熊野権現の本地《ほんじ》は阿弥陀如来である。

ここで思いがけないことが起きた。

彼の布教方法は、独自の「賦算《ふさん》」だ。南無阿弥陀仏、決定《けつじょう》往生、六十万人と書いた念仏札を人々に配り、結縁を勧めるのである。

その日も、深い森の中で蟬が激しく鳴いていた。彼は本宮の門前で、大勢の参拝客にお札を配る。

そこへ一人の若い仏僧が来た。当然のように彼にも札を渡したところ、受け取るのを阻まれた。

「私はまだ修行中の身です。阿弥陀如来だけを信じるべきかどうか、いまは決心できません。この札を受け取ることは自分に嘘をつくことになります」

お札を拒否されたのは初めてだ。無理にでも渡すべきかどうか一瞬思案したあと持たせたが、智真に迷いが残る。

この上は、本宮にお参りして、お告げを聞こう。

一心に念じていると、証城殿の扉が開き、白髪の熊野権現が現れた。

「いかに念仏をば、あしくすゝめらるゝぞ。御房のすゝめによりて一切衆生初めて往生すべきにあらず。一切衆生の往生は南無阿弥陀仏と必定するところ也。信不信をえらばず、浄不浄をきらはず、その札をくばるべし」

それだけ告げて、権現は消えた。

智真は衝撃を受ける。

権現は、自分の念仏の勧め方が「悪しく」と言った。何が悪いのだろう。

自分は寺にも入らず、家も捨て、諸国を行脚し賦算している。これこそ仏の道だと信じている。これ以上、何を捨てろというのか。

考えた挙句、心がはっとばかり覚めた。

そう思うこと自体が間違っていた。自分のおこなっていることへの慢心。これこそ捨て切っていなかったものだ。

そのあと、権現はこうも言った。

「心品のさばくり有《あ》るべからず」

「さばくり」とは、小賢しい考えのことだ。

救うのはお前でなく、阿弥陀仏だ。お前は余計なことを考えず、ただ無心に配っていればいい。

感動に心を震わせた彼は、ここで房号を一遍と自ら名付け、再出発を誓う。

一年にわたる熊野詣での旅を終えた一行は、いったん伊予に戻ったあと、からだを休める間もなく、二年をかけて九州へ旅をする。そのあとさらに、信州、奥州への遊《ゆ》行《ぎょう》へと向かう。信州には思い出の善光寺、奥州江刺《えさし》には流刑先で死んだ祖父の墓がある。何年に及ぶかわからない大旅行である。

一遍、四十一歳を迎えた春。再出家してから六年が経っていた。

二、まわる踊り

真夏の京を経由し、一遍の一行（「時衆」という）が善光寺に着いたころには、もう紅葉が散り始めていた。若いころ感得の涙にむせんだ寺だ。

参詣を済ませ、千曲川に沿って南下、次の目的地、佐久の地へと向かう。長野からおよそ十五里（六十キロ）、ここには祖父と同じように承久の乱で流された叔父の墓がある。

まず伴野《ともの》の里に入る。このあたりは伴野氏一族の支配で、地名にもなっている。在家の家に泊まることになり、そこで歳末の別時念仏（時間を限って、休みなく念仏を唱える行事）を行っていたとき、突然誰かが叫んだ。

「西に紫雲が」

見れば、西空一面にたなびく雲が、紫色に輝いている。紫雲はめったに見られない瑞兆だ。全員歓声を上げて喜ぶ。

翌日、南隣の村、小田切の里へと進む。ここでは、土地の武士の屋敷に世話になった。

叔父の墓参りを済ませ、いろりを挟んでくつろぎながら武士と話をしていたときだ。ほかの時衆は、庭で念仏を上げている。男声と女声が混ざった「南無阿弥陀仏」の繰り返しが強弱、高低をつけて唄われ、その心地よい響きが、穏やかな海の波のように、部屋の中にも届いてくる。

だが、何かがいつもと違う。武士との話をする間にも、一遍は耳をそばだてる。いつもより少し速い。波は、どうやら静かではなさそうだ。

念仏の速度が次第に上がり、忙しくなる。不思議に思ううちに、かん高い鉦《かね》の音さえ響いてきた。

一遍と武士とは、話を中断して縁側に出る。

そこには、一遍の目を疑わす光景が繰り広げられていた。

十人あまりの時衆が、輪になって踊りながら、右回りに回っているのだ。

「南無阿弥陀仏、南無阿弥陀仏……」

絶え間ない念仏は、見ている間にも速くなり、大声になる。鉦と思ったのは、ちゃんとした丸い真鍮製の仏具でなく、どこから持ってきたのか、鍋のような物（提《ひさげ》）だ。何事かと集まってきた住民や子どもたちが、周りを取り囲んでいる。

輪の中のだれかが、足を上げだした。それを見て、みなが手を振り、足を上げる。夢中に踊る彼らの中には、勝手に念仏を唱える者も現れ、揃っていた調子がばらばらになる。もはや波は大波を通り越して怒濤になってゆく。怒濤の音が、付近の山や林にこだまする。

一遍はその光景に見とれながら、聖なるものを感じる。これは阿弥陀信仰の力だ。信仰の極地、情熱の頂点だ。

三百年前、空也という念仏ひじりが京にいた。戦や天災に苦しむ民衆たちを救いに町に出、胸に吊るした鉦を叩いて念仏を勧め、放置された多くの遺体を供養して回った。ときには、跳ねるように踊ったので勇躍《ゆやく》念仏といわれる。いま目の前に繰り広げられる踊りは、それに通じるものがある。

輪はますます大きくなり、踊りは乱舞に近くなる。頭を振り、からだを揺する者もいる。

一遍も、屋敷から鍋を持ち出してきた。縁側に立って、それを叩きだす。時衆は、それを見て一層激しく踊りを続ける。

武士とその家来は、啞然として縁側で見とれるままだ。

突然、輪の中央に一人の尼僧が飛び出した。

超一だ。出立からずっと付き添っている妻だ。

中心ができたことで、歌唱も踊りも、盛り上がりながらも統制されてゆく。もはや単なるばらばらの乱舞ではない。一つの儀式になっている。

一遍の視線は、超一に集中する。一瞬、彼と超一の目が合った。彼女の目の輝きに、いままで見たことのない、憑かれたような悦びがあるのを、一遍はたしかに見た。

自分が善光寺や熊野本宮で告示を受けたときと同じ恍惚を、いま超一は感じている。

そう確信したときだ。力を込めて叩いた鉦の音とともに、超一が足を思い切り高く上げた。

白い脛、白い腿が、はっきりと衣の下から露わになる。

一遍の心臓が、大きく鳴った。善光寺のときを、熊野のときを超える衝撃だ。

手にした鍋を叩くのも忘れるうちに、踊りのあらしはやがておさまり、穏やかな波に戻り、そして終息した。心身ともに疲れた衆が、その場にへなへなと座り込む。

その輪の中でただ一人、超一だけが立っている。じっと、一遍を見つめたまま。


その夜、一遍は苦悶した。昼間の、突然の踊りが頭を離れない。踊念仏の興奮が冷めやらないだけではない。あの超一の白い腿が、頭にこびりついて離れないのだ。

――超一。私はお前が愛《いと》しい。心から愛しい。

諸国行脚に出ようと意を決したとき、お前は剃髪までしてついてきてくれた。

私は寺を捨て、家を捨て、もちろん立身出世の道を捨てた。私を慕ってついて来るみなにも大衆にも、捨て切ることを説いて回っている。人々が私のことを「捨て聖」と呼んでくれるのを知っている。

しかし、お前だけは捨てられない。どうしても捨てられなかった。しかもきょう、お前は踊り出し、私を挑発するかのように足を跳ね上げた。その足は、あまりにも白く、あまりにもまぶしかった。

不覚にも、伊予のころを思い出した。私は、何度もお前を抱いた。柔らかな乳房にも、潤ったところにも触れた。そのたびにお前はうめいた。

今夜、ひと思いにお前を抱きたいと思う。

だが、それができない。

弟子たちの目を恐れているのではない。阿弥陀如来の処罰を怖れているのでもない。抱くことで二河白道の炎の河に落ちようとも、極楽浄土に到達できぬともかまわない。

だが、私の手が動かないのだ。手を伸ばすことができないのだ——。

八年前に一遍が再出家した動機の一つが、愛欲の醜さだった。遊行中、随行の者だけでなく、衆生への法話のときにも、このように諭している。

「夫《それ》、生死本源の形は男女和合《なんじょ》の一念、流浪三界《さんがい》の相は愛染妄境の迷情なり。男女形やぶれ、妄境おのづから滅しなば、生死本《もと》無にして、迷情ここに尽《つき》ぬべし」

〈男女の愛欲執着は、迷いと苦しみの輪廻のおおもとだ。これを滅することこそ、輪

廻からの離脱につながる〉

時衆の中での混乱を避けるためにも、自らの行いを律するためにも、室内にいるときは昼夜を問わず、携行する十二の箱を並べて結界とし、男女の席を明確に分けていた。

そこまで厳しくしながら、いま彼の心底で、超一への思いが、あらしに翻弄される小舟のように揺らいでいる。

それでいて、超一を抱くことができない。

金縛りにあったように、超一に手を延ばすことすらできないのだ。

どうすればいいのか。この上は阿弥陀に頼るしかない。一遍は、夜を徹して念仏を唱え続ける。

だが、お告げも奇跡もないまま、夜が明けた。どこかの農家で、鶏が大きく鳴いた。

数日後、一行は大井太郎という武士の館に招かれた。大井氏は伴野氏と並ぶ佐久地方の領主で、とくに彼の姉が夢のお告げがあったと、一遍に会うことを願っていた。

一遍一行はそこで三日三晩念仏を上げ、二人を阿弥陀信仰へと導いた。

そのときも、踊念仏が行われた。今度は、大井太郎に従って帰依した数百人が参加する大規模なもので、舞台もしつらえ、その上で激しく踊りがあったので、床板が踏み抜かれてしまう。一遍が驚いて始末を申し出たところ、大井は、

「大事な記念だ。そのままにしておこう」

と大笑いする。

佐久地方を後にした一行は、下野国を経て一路陸奥へと向かった。無事、江刺で念願の祖父の墳墓参りを済ませた後、平泉、松島から常陸国へ南下、さらに武蔵国から鎌倉、東海道を経て、近江に至る。弘安六年、一遍四十五歳、小田切で踊念仏が開始されたときから、さらに五年の歳月が流れていた。

時衆は行く先々で、踊念仏を披露した。そのたびに舞台の周りに民衆が集まり、多くの人に念仏札を渡すことができた。

一方で、既成の宗派からは非難の声も上がった。

「さわがしきこと、山猿にことならず。男女の根をかくすことなし」とか、「見苦しき所もかくさず、ひとえに狂人のごとくにして」と書き残した者もいる。

あと少しで京へ入ろうという守山では、延暦寺の僧に「をどりて念仏申さるゝ事けしからず」と詰め寄られる。
一遍は、こんな和歌で応じた。

はねばはねよをどらばをどれはるこまののりのみちをばしる人ぞしる

〈生まれたばかりの春駒が、のびのびと跳ね回っている。これぞ仏の教えを実感した者の喜びではないか〉

一遍たちは賦算に踊念仏を加え、さらに西へと遊行を続け、山陰地方に足を延ばしたのち近畿へ戻る。信奉する教信ゆかりの教信寺を訪ねた後、播磨を経て伊予に戻ったのは、実に出立から九年を経て、年号も改まった正応元年（一二八八）だった。一遍は五十歳の大台に乗っていた。
さらに翌年、彼は淡路島を経由して明石に上陸、再び教信寺を訪れようとしたが、お迎えが来たとして兵庫へ行く。そこの観音堂で、「没後の事は、我門弟におきては葬礼の儀式をとゝのふべからず。野にすてゝけだものにほどこすべし」と言い残し、八月二十三日、入滅する。五十一年の、波乱多き人生だった。

妻の超一はこれより先、弘安六年（一二八三）十一月二十一日、近江の国、ほとんど京の入口に近い、関寺で没している。

だれがいつ建立したのか、関寺（現・長安寺）の境内には、小さな五輪塔二つが、供養塔として寄り添うようにたたずんでいる。

三、踊念仏を訪ねる

一遍の行状を記録する絵巻三種のうち現存するのは、『一遍上人絵伝』（略称『聖《ひじり》絵《え》』）、『遊行上人縁起絵』（略称『縁起絵』）の二つである。ただし『縁起絵』は模本しかないので、『聖絵』だけがもとの姿のまま保存されていることになる。しかも一遍没後十年しか経っていないときの完成で、弟子で異母弟、最初の行脚にも同行した聖戒が編集し、法眼の円伊が絵を描いたものなので、史実としても信頼され、美術的価値も高く国宝に指定されている。

六年かけて綿密に修復された実物が平成十四年、京博と奈良博とで公開された。もちろん私は真っ先に駆けつける。

京の釈迦堂（現・染殿地蔵院）で施行された踊念仏では、貴族たちの牛車が現代の車の渋滞さながらに込み合っている。通りでは僧や尼、一般庶民が肩をぶつけ合い、人家の屋根に上って眺める子もいると言ったありさまだ。

詞書も達筆で、熊野権現の啓示、「信不信をえらばず」という字がことさら力をこめて書かれている。こういう迫力は、実物に接してこそ感じられる。

その『聖絵』の中に、踊念仏の場面が少なくとも七カ所、推定も含めれば十一カ所出てくる。どれもこれも時衆が夢中で乱舞している。

今でも踊念仏行事が残っていれば直接見聞し、少しは一遍の疑似体験をしてみたい。そう期待して、各地のこれに類する行事を調べては見て回った。京都の空也堂の踊念仏、空也創建になる六波羅蜜寺のかくれ念仏、中堂寺などの六斎念仏、もとは大念仏の壬生狂言、教信寺の野口念仏など十カ所以上にのぼる。川西市の加茂では、「ひっつんつん」という、最近復活した墓地での念仏行事も探訪した。

年一回のところが多く、一回見逃すと翌年になるといった調子で、全部で五年ほどかかった。残念ながら、結局はどれもこれも『聖絵』にあるような乱舞には程遠く、一方では格式ばった宗教行事に、一方では大衆芸能になっていて、期待を満たすものではなかった。

一遍が入滅した神戸の真光寺で法要があったときだ。かねてから、直伝の踊念仏が催行されると聞いていたので期待して行ったのだが、やはり様式化・儀式化されたものだった。参加者の一人に尋ねたところ、「信州跡部《あとべ》の西方寺に残る踊念仏が、最も原型に近い」との答えだ。さっそく訪ねたかったのだが、当時はまだ仕事をしていて、なかなかその機会が巡ってこなかった。

ようやく機会が訪れたのは、平成十六年の四月初めであった。

朝、目が覚めると、佐久の町は一面の銀世界だ。

前日の夕方、JR小海線経由で、佐久市へ着いた。中央本線の小淵沢で乗り換えるころから雲が多くなり、ときどき時雨さえ降ってきたのだが、臼田を通るころには、雲の間から真っ赤な夕日の沈むのが車窓から見えた。しかも、雲が紫色をしている。一遍が伴野で別時念仏を行じているときに出現した、あの紫雲だ。

サラリーマン時代の友人が運よく佐久にいて、明日は、午前中は善光寺へ、午後は跡部に案内してくれることになっている。この分なら晴天だろうと期待して就寝した。

この雪で大丈夫だろうかと友人の携帯に電話してみれば、すでにホテルへ向かっているとの答え。彼は、こともなげにこう言った。

「こんなのは雪に入りませんよ。零下になっていないから大丈夫です」

案の定、高速道路も長野市へ着いてからも、小雪は小雨に変わり、なんの問題もない。

善光寺は、一遍が二河白道図に感得し、阿弥陀信仰を固めた寺だ。そのむかしには、教信が一光三尊を感得している。

私が訪問した年の前年は、七年に一回という一光三尊像の開帳ということで参詣客が押し寄せた善光寺だが、この日は週日、しかも雨の朝ということもあって閑散としている。

本堂に上がって参拝後、ゆかりの二河白道図を探してみたが、とくにそれらしい物は見当たらない。

広い本堂の右に、「お戒壇巡り」の入口があった。ここから真っ暗な地下に下りて、本尊が安置されている瑠璃壇の真下を巡り、再び地上に出る。この間に瑠璃壇の鍵に触れることができれば、阿弥陀如来に結縁できるという。入口に書いてある通り、右手を壁に添わせながら歩けば、必ず鍵に触れるようにはなっているのだろうが、実際に触るまでは、やはり不安だ。無事、触ることができてほっとする。

帰りに川中島の古戦場跡へ寄って、再び長野インター経由、佐久へ戻る。

本場の信州そばをとって、いよいよ跡部である。

友人が道を確かめる。

「跡部は、すぐそこの道を行けばいいのですね」

「そうです。すぐに跡部と標識のある四つ角に出ます」

午後から、小雨がかなりの雨量になった。この分では行事が中止になるのではと心配したが、それは杞憂だった。西方寺に着いてみれば、本堂の中に会場（道場という）がしつらえられていて、屋上屋ならぬ屋内屋である。

道場は二間四方、細い四本の柱で囲まれ、天井にはテントのように布が張られている。囲いに卒塔婆が並べられ、四方それぞれに小さな鳥居のついた門がある。中央には太鼓が二つ、台の上に乗っている。この台は、葬儀の時に棺を置く台という。

午後一時、予定通り「例会」が始まった。例会というので、てっきり保存会の会長選出とかの会議でもやるのかと思ったら、踊念仏そのものを例会というらしい。

まず、お経を捧げる二人と鉦を持つ六人の一組が、向かって左に作られた入口から入場する。全員女性である。中央の太鼓は二人の男性だ。

最初は念仏。次に和讃、再び念仏を唱えながら、一同が左回り（時計の針と反対方向）にまわる。いままで見た六斎念仏、寺で行う念仏行事はみな右回りだった。

念仏行が終わって、踊りの開始だ。いきなり横っ飛びをしながら前進して行く。空也堂や六波羅蜜寺などで見たものと比べればたしかに動きがあって、『聖絵』にある光景を想像させる。これからだんだん激しくなるのではと期待したところが、二、三回回ったのち、逆におとなしい動きに変わってしまった。後ろを振り返りながら前へ進む珍しい動作だが、テンポは一般の盆踊りと同じくらいだ。何回か回ったのち、向かって左側の別の口から退場して行く。

合計で約二十分。二組の踊りがあって、お開きとなる。

時宗踊念仏の原型ともいわれる佐久市跡部・西方寺の踊念仏

やはりここにも乱舞はなかった。期待が大きかっただけに、いささかがっかりしながら外へ出ると、雨が本降りになっていた。

雨の中を、徒歩で時宗の金台寺を訪ねる。『聖絵』で、小田切の踊念仏があったのち訪れた大井太郎邸の跡だとされている寺だ。立派な山門をくぐると、「一偏（原文ノママ）上人初回之道場」という大きな石碑が建っている。

あらかじめ、時宗の京都・西蓮寺の住職から、この寺の住職に連絡をとっておいてもらった。しかし、ちょうど来客中のことで、ゆっくりは話が出来なかった。それでもこの寺の縁起などを丁寧に説明頂いた。

次いで訪ねたのが、金台寺のすぐ裏手にある伴野城あと。この地方を治めていた伴野氏の居城のあった所である。公園風に整備する工事中で、城あるいは館のあとと思われる物は、周囲を囲む土塁と堀くらいであった。

『聖絵』には、数百人がここで踊念仏をし、あまり大勢の人が激しく踊ったので床を踏み抜いたとある。一般的には屋敷の中でのできごとと解釈されているが、数百人は過大で数十人だったとしても、いくら大きな屋敷でも入りきらない。やはり外に作ったやぐらで踊ったのだろう。金台寺に近い城址の一画は、公園としてはやや狭いが、盆踊りのようにやぐらを組み立てて踊るのには、ちょうどいい広さに思える。

まだホテルに帰るには時間がある。踊念仏が発祥したという小田切の里に行ってみたいが、おそらくそれとわかるような遺跡はないだろう。雨も降っているので、あとは友人に任すことにする。

彼は、車で三十分ほど南の八千穂というところの造り酒屋へ行きましょうという。利き酒ができ、隣には喫茶店がある一風変わった酒屋である。

にごり酒があった。藤村の「千曲川旅情の歌」にもにごり酒が出てくる。それを思い出しながら楽しめば、情緒も湧いて出る。実際に、この酒屋のすぐ下には千曲川の上流が音を立てて流れていた。

帰りのハンドルを操りながら、友人が言ってくれた。

「ここまで来たんだから、やはり小田切で踊念仏の発祥地を探してみましょう」

それではと、下調べの記憶を頼りにそれらしい方向へ車を向けてもらうが、小田切にも下小田切、中小田切、上小田切と三カ所が続いていることが分かって、友人も私も迷ってしまう。

中小田切に入ると、寺や公民館があり、何となくこの近くではないかという予感がする。寺にも寄ってみたが人の気配もなく、通りすがりの老人に聞いても皆目わからない。まあ、この辺りだろうと、写真だけ撮って帰途についた。

帰宅後、臼田町役場に電話してみると、ある熱心な郷土史家が調査推定した結果として、中小田切に発祥地の碑を建てたとのことだ。どうやら写真を撮った地点のほんの近くだ。

案内をしてくれた友人に伝えると、さっそく現地に走り、「一遍上人踊念仏発祥地、小田切の里」と書かれた碑の写真を送ってくれた。晴れていればきっと碑を見つけ、超一を中心にして時衆が踊る図と音を想像できたのに、残念というほかない。

ホテルに戻り、部屋に落ち着く。

雨はとうとう一日中降り続いた。窓から見る佐久の町は、雨のために見通しが悪い。ここは長野新幹線の佐久平駅から駅四つ分も離れているが、それでも住宅が建て込んでいる。『聖絵』に佐久村の風景は描かれていないが、伴野城や豪族の大井氏の館があったくらいだから、案外、人口の多い集落だったのかもしれない。

一遍を知った当初から不思議でならなかったのは、一遍が超一はじめ多くの尼僧や女性信者たちを随行させたことだ。男女がともに長旅をすれば、欲を捨てた宗教集団とはいえ、そのあいだに何かが起きて当たり前ではないのか。一遍はそこをどう考えていたのだろう。

超一が出発から最後まで同行していたかどうかについては、諸説がある。『聖絵』には、熊野の啓示のあと、一遍が「おもふやうありて、同行等をもはなちすてつ」、つまり同行してきた家族らを放ち捨てたとあるので、この時点で超一は郷里へ帰ったという解釈が多いが、小田切の踊念仏では、どうみても超一と見える尼僧が輪の中心になって踊っている。さらに藤沢の清浄光寺が所蔵する「時衆過去帳」尼衆部には、弘安六年十一月二十一日に、超一という尼僧が近江・関寺で入滅したとあるらしい。この超一が一遍の妻の超一と同一人物かどうかは証明しようがないが、関寺は踊念仏を修したところでもあり、年代にも矛盾なく、きわめて高い確率だと思われる。

一遍自身は、超一について何も語っていない。語っていないのでなく、語り得なかったのではないか。そこに私は、語り得ないほどの、おそろしく巨大な矛盾を、彼自身が感じ取っていたのではないかとみる。

剃髪してまでついて行くといった超一を、捨て聖である一遍でさえ、どうしても捨てることができなかった。そばにいてほしかった。その超一に対する愛情と、一般論としての捨てる思想や愛欲非難とは、矛盾であれ何であれ、彼の中でいつも同居していたのではないか。それが、彼自身すら説明のしようのない現実だったのだろう。

翌日は、前日までの雨が嘘のような快晴だった。小海線中込駅のホームに並んだ桜が、憎いほどに満開である。名前の知らない大ぶりの野鳥が、枝と枝の間を渡り飛んでいる。

私は一遍の不可解を棚上げにして、やって来た列車に乗る。島崎藤村ゆかりの小諸駅でしなの鉄道に乗り換え、多くの文人が愛した信濃追分へと向かう。頂に雪をかぶる浅間山が、堂々とした姿を誇らしげに見せていた。

水仙香《すいせんか》——一休（一三九四—一四八一）

一、漂泊と奇行

応仁元年（一四六七）、またも京《みやこ》に戦《いくさ》が起きた。現代の京都人が「先の戦」と呼ぶ応仁の乱である。例によって権力争いに端を発した戦いは、細川勝元らの東軍と山名持豊らの西軍とが入り乱れ、十年近くにも及ぶ。京のほとんどが灰燼に帰し、周辺の各地にも飛び火する。

「ええ加減にしろや」

一休宗純和尚は、戦火を避けて臨済宗大徳寺内の庵から東山、さらに京の中心から南へ遠く離れた薪《たきぎ》村（現・京田辺市）の酬恩庵へと移動する。それでも彼を追いかけるかのように、西軍が近くにまで攻め寄ってきた。一休は再び酬恩庵を抜け出し、木津、奈良、和泉（堺）と回り、最後に、奇特な人の世話で大坂・住吉にやってくる。

ここまで戦乱は及ぶまい。彼は大いにこの地が気に入った。すぐそばに名だたる住吉大社があり、松栖《しょうせい》庵と名付けられた庵も、手ごろの大きさでなかなかの居心地だった。一年後には、雲門庵と改名する。

このとき一休、七十七歳であった。

生まれたときからこの歳に至るまで、その人生のすべてが波乱に富んでいた。

生まれ落ちたのが農家の納屋の中だとか、父親は後小松天皇、母親は藤原氏の出だとかいうが、どこまで真実かは、母を除いてだれにも分からない。

六歳にして寺に出され、十七歳で妙心寺系の宗為《そうい》に学び、宗純と名付けられる。その聡明さは、のちに「一休とんちばなし」のもととなった。

二十一歳のときに師の宗為が示寂する。悲しみのあまり、勢田川（瀬田川）に飛び込もうとする寸前、挙動をいぶかって母親が跡をつけさせた下女に助けられる。

翌年、母の勧めで琵琶湖畔、堅田の寺の華叟《かそう》のもとへ参じた。華叟は大徳寺直系の高僧でありながら寺に入ることを嫌い、地方の寺で自適の日々を送る人であった。のちの一休の反骨精神は、師の影響が多分にあった。

華叟は、簡単には新弟子の入門を許さない。入門を乞う宗純は、水を浴びせられるなどの試練に耐えた挙句やっと許されたのだったが、それからの精進も人並でなかった。難解な公案を解き、また闇夜の湖に浮かぶ舟で坐禅中、カラスの声を聞いて大悟を得た。それを聞いた師は印可を与え、「一休」の号を授ける。まだ二十七歳、異例の若さだった。

三十五歳のとき、七十七歳の師を失う。その後は、乞われながらも師をならって大徳寺に入らず、京の周辺を転々とする。

彼の風狂、奇行はこのころから始まった。後世に伝わるものだけでも、枚挙にいとまがない。

華叟から受けた印可状を、こんな紙切れなんぞ要らねえとばかり破り捨てる。大徳寺二十六世住持となった兄弟子の養叟を、ニセ禅坊主、「破滅の始まり」と、ことあるごとに罵倒する。

大徳寺の開基、大燈国師の命日法要の前夜には、隣室で女性と交わりながら、「開山諷経《ふうきん》、経呪、耳に逆らう、衆僧の声」〈隣であげる坊主どもの読経がうるさい〉とうそぶく。大徳寺如意庵入房を乞われ、十日だけ住んで出るときには「他日、君来って、如《も》し我を問わば、魚行《ぎょこう》、酒肆《しゅし》、又《ま》た婬房」〈いつの日にか私を訪ねたいならば、魚屋か酒屋か女郎屋へ来るがいい〉と書いて塀に張ったりもした。

魚屋とは魚、つまり肉食を意味する。肉食、飲酒、女犯《にょぼん》、ほかにも有髪、男色。およそ仏僧としてあるまじき戒をことごとく蹴散らしていく。

浄土真宗中興の名僧、蓮如との一件も凡人を驚かせる。蓮如の留守中に寺に上がり込み、阿弥陀如来像を枕に昼寝をむさぼっていた。それを見た蓮如のひとことがまた、すごい。

「おいおい、それは、おれの商売道具だぞ」

堺ではこんなこともあった。

突然、朱塗りの鞘におさめた刀を引っ提げて町を歩き出す。「なにごとか」と出てきた衆で、町は騒然となる。彼らを前にさっとばかり刀を抜くと、これが竹光。そこでひとこと。

「にせの刀でも、立派な鞘に入っていると、本物と勘違いする。くれぐれもお気をつけ下せぇ」

竹光なら笑いごとで済ませられる。立派に見せるにせもの人間こそ要注意だ。

しかし本人は、決して奇行とは思っていない。至って真剣である。周囲が不審の目で見れば見るほど、お前たちはわしの言うことが分かっちゃおらんと声を大にして訴え、叫ぶのだ。

わしは嘘つきや、にせものがきらいなのじゃ。いかにも戒を守り、仏法を会得しているようにふるまいながら、名利を求め、組織にあぐらをかいている人間どもが鼻持ちならんのじゃ。

わしは人間の真実をえぐる。タテマエでなく本音で生きる、と。

二、薬師堂の夜

住吉に落ち着いて一年ほどたった、ある冬の夜だった。

いつものようにいがぐり頭に無精ひげ、衣を着流した一休は、月の光に誘われてぶらりと外へ出た。

冬夜の寒さも、琵琶湖で修行したころにはどうということはなかったが、七十八歳の身にはさすがにこたえる。

はっきりした行先があるわけでない。とりあえずは、歩いて十分ほどの住吉大社だ。今夜は少し遠回りして、その名の通り幅の細い細江川のほとりを歩いてみよう。

半分ほどの距離を過ぎ、末社の大歳神社近くまで来たときだった。森の中から、鼓の音とともに女性の歌声が、静かな夜を突き抜けて聞こえてくる。

どうやら慈恩寺かららしい。この寺は大社の第二神宮寺で、本尊が薬師如来なので薬師堂とも言われていた。

近づくにつれて、唄っているというより語っているのは「曽我物語」だとわかる。

……かくて十郎申しけるは、「もはや猛にふけぬらん。万事みなしたため、すましたり。いざ討って入らん」と言ひければ、五郎聞きて「沙汰に及ばず」とて、ひしひしとぞ出で立ちける。……

寒空を透りぬける高音は、ただ美しいとか、巧いというのではない。艶がある。色がある。

そのとき、一休の記憶がよみがえってきた。間違いなく、どこかで聞いたことのある声だ。薬師堂まで歩み寄り、灯明に淡く照らし出された声の主を見て、彼ははっとばかり立ち止まる。

盲人だ。

丸くふっくらした顔に、細くおだやかに閉じた目。何年か前、酬恩庵の門前にたたずんだ女に間違いない。あのとき招き入れた庵で、彼女は自作の歌を披露したのだった。

おもひねのうきねのとこにうきしづむなみだながしてなぐさみもなし
〈床に入った私は、いろいろあった人生の浮き沈みを思い出しては、見えぬ目から涙を流す。だけどだれも慰めてくれる人はいない〉

歳は二十五、六だったか。身の上の悲しい歌に、思わず一休は彼女を抱き寄せたくなった。だが、その気配をさとったのだろう。彼女は、実は私は高貴な出だと漏らし、

「またどこかでお会いしましょう」

と、去って行った。

名を森《しん》といった。


薬師堂で一休がそれを思い出したのとほぼ同時に、彼女の歌が変わった。

「おもひねの　うきねのとこに　うきしづむ……」

盲目の人の、確かな直感なのだろう。足音なのか、衣の擦れる音なのかを聞いて、そばに来た男が一休だと気づいたらしい。

そうと知った一休は草履を脱ぎ捨て、とっとと堂内に上がり込む。そして言った。

「森か」

「はい。おなつかしゅうございます、一休さま」

自分を覚えていてくれた。一休は思わずその手を取る。

「森、こんな寒いところでひとり歌っていることはない。わしの庵へ来ぬか」

一瞬、酬恩庵のときのように彼女はためらいを見せる。しかし、それはまさしく一瞬だった。やがて丸い顔がうなずく。

一休は彼女の手を握りなおすと、片手に鼓を持って堂を出た。森女はだまって杖を手にし、片方の手を彼に預ける。

月が中空に浮いている。この月は、森女の眼には見えていないのだろうか。いや、心には映っている。

庵に戻ると、さっそく心境を偈《げ》（仏教における詩）に託した。

優遊《ゆうゆう》して、且《しばら》く喜ぶ、薬師堂、毒気便々《どっきべんべん》、是れ我が腸。
慙愧《きざん》す、雪霜の鬢《びん》を管《かえり》みざることを、吟じ尽せば、厳寒、愁点長《しゅうてん》し。

〈ぶらりとやってきた薬師堂で、久しぶりに彼女の歌を聞き、私の気持は高まる。なんと私の本心は毒で汚れていることか。もみあげに白髪がある歳にもなって、恥ずかしい限りだ。厳寒の夜を彼女の歌を聞いて過ごせば、悲しい思いもつのってくる〉

そばには、小柄の森女がちょこんと正座していた。

三、水仙の香り

森女は、瞽女《ごぜ》と呼ばれた遊芸人である。

瞽女は、遊女ではない。遊女のように一定の場所にたむろすることなく、個々に神社仏閣などを流し歩いた。持ち歩く楽器は、近世に入ると三味線が主流になるが、室町初期には鼓だけだ。語りは、琵琶で平家物語を語る男性盲人と対照的に、曽我物語が主流だった。ほかに、今様《いまよう》、小歌《こうた》なども歌う。すべてを暗記に頼るのだから、彼女たちの暗記力は絶大であった。

森女は以前、自身で「上臈《じょうろう》」、つまり高貴な身分の出だと言った。当時は身分の高低を問わず、むしろ高位にあればなおさら、盲目の児は捨てられた。その彼女が、酬恩庵のときと違って薬師堂で一休に従ったのは、その後、彼が天皇の落胤であることを知ってのことかもしれない。

一休に従い雲門庵に住みついた森女は、一休が「森侍者、情愛甚だ厚し」と言うように、彼の侍者（身の回りの世話役）として仕えた。目が不自由といっても、針仕事などは人よりも器用にこなした。もちろん得意ののどで、一休だけでなく弟子たちにも、厳しい修行の合間のひとときを和ませる。

鼓の音も、吟じる歌も、森女のそれは非凡である。近くの住吉大社の森一帯にこだまさんばかりであった。

一休にとって、ときには曽我物語もいいが、やはりお気に入りは恋の歌だった。

「何か艶っぽいのを頼む」

そんな頼みに、彼女は気安く鼓を手に取る。

花の錦の下紐は、解けてなかなかよしなや。柳の糸の乱れ心、いつ忘れうぞ、寝乱れ髪のおもかげ。

声が美しいばかりでない。顔が美しい。

丸い顔に小さなえくぼ。昼寝をする森の無垢な横顔に、一休は見とれている。おだやかな一日だ。

森美人の午睡を看る。

一代風流の美人、艶歌、清宴、曲尤《もっと》も新たなり。

新吟、腸は断つ、花顔の靨《えくぼ》、森樹の春。

〈一代の美人が艶っぽく歌う宴のひととき。曲も歌も新鮮で、はらわたが千切れるほどの感動だ。昼寝をする顔には花のようなえくぼ。楊貴妃が昼寝から覚めたときの美しい顔を、玄宗皇帝が海棠の花にたとえた故事を思わす、森女の春だ〉

しかし何といっても、ともに性愛に没入するときの森を、彼は最もいとおしく思った。庵を、夜のとばりが包む。

「森や」

そのひと声に、彼女は「はい」と答えてそばにはべる。

美人の陰、水仙花の香有り。

楚台応《そだいまさ》に望むべし、更に応に攀《よ》ずべし。半夜、玉床、愁夢の間。
花は綻《ほころ》ぶ一茎、梅樹の下、凌波《りょうは》仙子、腰間を遶《めぐ》る。
〈美しい森女の秘所から、水仙の花の香が漂ってくる。
さあ今から寝床へ入ろう。夜中、寝床、愁いの夢の時間。わが茎の梅の花が、
いま咲きほころぶ。波をさらう仙女（水仙）の香が、君の腰のまわりに漂う〉

森女を愛する偈を、一休はいくつも作っている。

「盲女が艶歌、楼子を笑う」

「愛し看る、森也が美風流」

「王孫の美誉、相い思うことを聴《ゆる》す」

中には、「美人の婬水を吸う」、「（森女の手が）玉茎の萌ゆるを治す」といったぎょっとさせる表現も、恥ずかしげもなく使う。

そうはいっても一休は、彼女を自分の意のままに使う下女とも、あるいは単なる性の相手だとも思っていない。彼女を尊敬して森公と呼び、心からの感謝をこめて偈を作る。

木稠《ゆら》ぎ葉落ちて、更に春を回《かえ》す、緑を長じ花を生じて、旧約《くやく》新たなり。

森也が深恩、若し忘却せば、無量億劫、畜生の身。

〈木が揺らぎ、葉が落ちるほどに自分は歳をとったが、春を若返らせ、かつての約束を新たにしてくれる。この森女の恩の深さを忘れてしまうようなら、永久に畜生の身を免れないだろう〉

八十一歳にして、一休は、後土御門天皇から大徳寺の四十七世住持に任命される。彼は命に応え、応仁の乱で荒廃した寺を、住吉の庵でしばしば友好のときを持った堺の一豪商の後援を得て復興した。が、実際に寺に入ったのは最初の一日だけだったという。反権力の彼にあって、ぎりぎりの抵抗だった。

八十六歳になった年、さすがに衰えたからだを養うべく、一休は森女を連れて、酬恩庵へ戻る。そこでも歌い続ける森女の声は、東の木津川に到り、西の甘南備《かんなび》山にこだまする。

それから数えて二年後、八十八歳をもって一休はこの世を去る。

遺偈《ゆいげ》(辞世のことば)は、こうなっている。

須弥南畔　(須弥南畔《しゅみなんばん》)
誰会我禅　(誰か我が禅を会《え》する)
虚堂来也　(虚堂《きどう》来たれり)
不直半銭　(半銭に値《あた》らず)

〈この世界で、だれが私の禅を理解することができようか。私が最も崇敬する宋の禅僧・虚堂の心を継いだ私の禅も、もはや半銭の値打もない〉

死の床のそばには、もちろん森女がいた。彼女の手が、こけ落ちた無精ひげの頰をなでる。

と、一休の口から、こんな言葉が漏れるのを聞いたように思えた。

「死にとうない」

いかにも本音で生きた一休らしい。

悲しみには馴れ、人の死を当然の流れと悟る森女の眼に、涙はなかった。

四、一休を歩く

（1）住吉薬師堂

たいていの一休に関する書物には、一休と森女とが対になった一幅の絵が載っている。大阪府忠岡町の正木美術館に所蔵される軸である。

上方の円相の中には、眉が八の字の一休が、とぼけた表情をしてこちらを見つめている。下半分には、真紅の着物に白の厚いうち掛けを腰に巻くように着けた森女が座っている。そばには杖とシンボルの鼓。

だが図版では、二人の表情が生々しくは伝わらない。どうしても実物を見たいと思って電話で確かめると、二〇〇八年の「四十周年記念展」以来出展されることなく、今後の予定にもないという。

残念だが諦めるしかない。幸い記念展図録の在庫があるというのでさっそく取り寄せ、食い入るように見た。

だが、子細に見てもやはり一休のとぼけ顔に変わりはない。こんな男のどこから、あの激しい奇行や言葉が出るのだろう。一方の森女の表情は、なんともおだやかである。一休が偈に書いたえくぼは見えないが、全体がふっくらとして、童顔に近い。

森女の絵のそばには、森上郎の御詠とあって、「おもひねの　うきねのとこに　うきしづむ……」の歌が、流麗な女文字で書き留められている。（上郎は上臈。貴顕の人のこと）

さて一休の跡を訪ねるに当たっては、大阪の住吉で彼が住んでいた庵、そして森女と再会した「薬師堂」がどこにあったのかを探らなければならない。

薬師堂には二説あって、一つは住吉大社境内の神宮寺、一つはやや離れた慈恩寺である。どちらも本尊が薬師如来なので、薬師堂と呼ばれていた。神宮寺は、住吉大社の境内、四つの壮大な本殿が並ぶ北側にあった寺で、本堂の左右に東西両塔、ほかにも大小の堂宇を配した堂々たる寺院だったが、明治の神仏分離で取り壊されたという。

慈恩寺は、大社の東南、大歳神社の近くにあったとされる寺で、やはり神宮寺の一つだが、大徳寺との関係が深く、信頼性の高い記録とされる『一休和尚年譜』（『年譜』）

にも、一休の偈を集めた『狂雲集』にも記載されている。第二というから、規模はどうやらこちらのほうが小さそうだ。ひっそりと森女が歌を奏でていた風情として、似合っているように私は思う。

一休が住んだ庵については、三つの名称が出てくる。松栖庵、雲門庵、床菜《しょうさい》庵だ。『年譜』には、雲門庵は松栖庵の別名、床菜庵は別の庵とある。その一つ、牀菜《しょうさい》庵（床菜庵か）跡は、大阪市の観光案内にも明記されていて、大社の東、上住吉西公園付近だ。三つの庵の関係やピンポイントはともかく、ほぼこのあたりに一休が住んでいたことは、間違いない。

一休が薬師堂で森女に会ったのは、文明二年仲冬十四日厳冬とはっきり書かれている。だから本来ならば厳冬の夜に訪れて、二人の再会場面をしのびたいところだが、八十歳を超してからは冬の夜の外出を控えている。訪ねたのは夏の甲子園大会が終わった翌日、蒸し暑い日だった。

南へ向かう南海高野線の住吉東を降り、駅前の案内図に従って細道を西へ入ると、密集する民家の間に古い酒蔵が現れ、時代をさかのぼった感にさせる。五分も歩かないうちに、南北に通る熊野街道に突き当たる。自動車がようやくすれ違える程度の道幅が、いかにも往時の街道であったことを思わせる。街道を南下するわずかな距離に寺が二軒、それに「池田屋」と書かれた、時代劇に出てきそうな土産物店が目についた。むかしも土産物屋だったとすれば、遠方から来たたくさんの参詣人たちが記念の土産を買い求め、繁盛した店なのだろう。

などと想像しながら歩くうちに、橋に出る。細江川だ。おかしい。地図では、一休の結んだ庵の跡は橋の手前になっている。バックして人に尋ねれば、少し東に奥まったところに、こぢんまりした公園があった。その片隅に、写真で見ていた通りの碑があり、説明には「牀菜庵の跡」とある。

残念ながら、当時をしのぶ物は何もない。公園は周囲が高いネットに囲まれた小さなグラウンド、その外側は新旧の民家が取り囲んでいるだけだ。このグラウンドに、牀菜庵が建っていたのだろうか。

熊野街道沿いにいくつかの寺や店があったことから推して、この周辺はのどかな田園というのではなく、住吉大社を取り囲む、比較的人家の多い地域だったかと思われる。庵から漏れる森女の美声は、その家々にも届いたことだろう。

ここを出て、一休がたどったに違いない道を行く。細江川を越えてすぐ右、つまり西へと折れれば、左手に小さな寺、右手にこれも小さな社のある四つ角に出る。寺は子安地蔵といって、地蔵菩薩と五大菩薩を祀る。社は浅沢社と大歳社で、ともに住吉大社の末社だ。

大阪市の観光サイト「はなしの名どころ、住吉区」によると、一休が森女に逢った慈恩寺（薬師堂）は、このあたりにあった。

といっても雲をつかむような話だ。この三つの社寺以外は民家がひしめきあい、すぐ南には長居幹線と呼ばれる広い道路があって、ひっきりなしに車が往来している。一休と森女をしのぼうにも、とてもできる環境ではない。やはり冬の夜に来るべきであったかと思う私の目に、大きな柳の木が飛び込んできた。浅沢社の境内にある、小さく浅い沼に生えた柳だ。根元から二つに分かれ、それぞれの太い幹が斜めにそそり出ている。緑の葉が一杯についた太い枝が垂れ下がっていて、楚々とした風情をたたえる柳ではなく、堂々とした大柳だ。

相当古い樹なのに違いない。もしかすると、二人はこの柳を見ながら、庵へと歩を進めたかもしれない。

やっとそこまで想像を広げたあと、裏門にあたる鳥居から、住吉大社へ入って行く。何度来ても大きな神社だ。本殿は第一から第四まである。蒸し暑い週日の昼というのに、三々五々、老若男女が参詣に訪れている。

由緒書によると、その歴史は神功皇后までさかのぼり、全国二千余に及ぶ海の安全を守る住吉神社の総本宮だ。ところが、かつてこの境内に神宮寺という寺があったということは、今まで私は知らなかった。

第一宮で健康祈願をしたのち、朱印のお願いをしに売店へ行く。朱印をしたためる神官のそばで、三人の巫女が、お札やお守りを求める参拝者の対応に忙しくしている。その頭に頂く冠に、人に目立つほどに大きな飾りがついていた。

「飾りがあるのは、住吉大社だけですよね」

などと生半可な知識を口にすると、美しい巫女が笑みを浮かべながらうなずいてくれる。見れば、飾りは松の葉だ。それを言うと、

「むかしは、この辺は海のそばでしたから」

との答えが返ってきた。墨江の津と呼ばれた港だったという。さっき訪ねた浅沢社

の横には、巨大な常夜灯が残っていた。灯台の役割をしていたのに違いない。

神官に、神宮寺のあった場所を確認する。

その説明通り、御文庫の横に「神宮寺跡」と書かれた碑があった。そこから奥へ入ったところに、かつて寺があったと思われる鬱蒼とした一塊の森があるが、中へ入ることはできない。ぐるりと囲む網塀を一周する途中で塀の間から覗くと、本堂があったと思われる小さな土手が見えた。

本殿の並ぶ場所に戻って時計を見れば、一時近くになっている。大きな反り橋（太鼓橋）を渡って南海本線の住吉大社駅へ進む。駅前のコンビニでおにぎりを買い、プラットホームで腹に収め、次なる目的地、酬恩庵一休寺へと向かった。

（2）酬恩庵

南海本線を新今宮駅でＪＲに乗り換え、さらに京橋で学研都市線に乗り換えれば、四十分で京田辺に着く。車窓から、鰯雲と入道雲の両方が青空の中に見えた。駅からタクシー十分で、酬恩庵、通称一休寺である。

住吉大社からここまで約二時間。一休の時代にはどれくらいかかったのだろう。地図で測れば約四十五キロ。途中、摂津と山城の国境になる甘南備山も越えなければならないから、馬を使ったとしても一日では無理だったかもしれない。

立派な総門をくぐったすぐ左手に「諸悪莫作《しょあくまくさ》、衆善奉行《しゅぜんぶぎょう》」と書かれた碑があった。「悪いことをするな、善いことをせよ」との仏の教えだ。一休がとくに好きだった偈らしく、真筆は大徳寺真珠庵に残されている。

長い参道を上がったところに受付、さらに庫裏へ行く途中に、一休の廟があった。ここは、彼が皇族の一員であるとして宮内庁の管理下にある。

庫裏へ入ると、参拝者は私一人。やや遅れて、子ども一人を連れた若夫婦がやってくる。

隣接する方丈へ入るころ、スピーカーから寺の由緒や方丈から眺める庭などについての説明が始まった。

この立派な方丈は、慶安三年（一六五〇）に改築されたというから、一休存命のころはまだなかったか、別の、おそらくもう少し粗末なものだったのだろう。彼は、いま白砂を敷き詰めた庭を隔てて見える、虎丘庵に住していた。残念ながらこの庵は非公開だが、冊子の写真では二間四方くらいの、大き過ぎず小さ過ぎない大きさだ。見える屋根は桧皮《ひわだ》葺きの緩い勾配で、端正な雰囲気をかもし出している。森女もここで一休に仕え、ともに住んでいたに違いない。

三つの間に区分けされた方丈の中央の奥に、一休の木像が安置されていた。ほぼ十年前に、仏像観賞会に参加して来たときには、もっと近くで拝観した記憶がある。特別の許可があったのだろう。

椅子の上で、坐禅をするときの結跏趺坐を組む一休の顔は、正木美術館蔵の絵よりもやや面長で、厳しい面持をしている。生前に弟子に作らせた寿像だといい、毛髪、ひげは自分の物を植え付けたらしいが、現在は抜け落ちてしまっている。

その像の前に、遺偈の「須弥南畔、誰会我禅……」のコピーが掲げられていた。それぞれの字の跳ねには、死を前にしたとは思えない勢いがある。

北側に回る。目の前に現れた庭は、南面の石庭と違って枯山水である。苔むした大きな岩や石が、一休の豪快さを物語るようだ。

方丈の回廊を一巡してもとの庫裏へ戻る途中、火災報知機を点検している業者風の男性と、それを覗き込んでいる、普段着の僧侶とがいた。お互いに「すみません」と

酬恩庵の南庭と、一休が起居した虎丘庵の屋根（右側）

言いながら、売店へ戻る。

私は社寺などを訪問したとき、厚かましいとは思いつつ、できるだけ住職なり関係者と話をすることにしている。かねてからの疑問を質したり、通常の案内書にはない話を聞いたりするためだ。

一休については、森女との関係についてぜひとも聞いておきたい。だが予約も何もしていない。思い切って売店でその旨を伝えると、電話をした女性が「すぐに来られます」と言ったのには驚いた。

その姿を見て二度びっくり。さっき、火災報知機の検査に立ち会っていた初老の僧だ。

売店横の休憩所のような場所に座り、挨拶もそこそこに、私は最も知りたかったことを言葉にした。

「諸悪莫作と書きながら、一休禅師が森女と枕をともにしたことについては、どのように考えたらいいのでしょうか」

　住職は、いやな顔一つ見せず、即答する。

「フィクションです」

　三度目の驚きである。

「弟子が福井から送った手紙によると、森女は一休にお仕えする弟子でした。また庵や生活の維持のために、歌を唄ってお金を集めたようです」

　フィクション説には、いささか疑問がありますが……。私が口を挟もうとする間も与えず、住職は続ける。

「嘘をつくのが嫌いな人だったんですな」

　それを聞いた瞬間、私は一切を納得し再質問をやめた。男が女に対して欲情を持つ。これは自然なことだ。それを一休はごまかそうとしなかった。住職の断言には、嘘とフィクションとは紙一重ではないかなどという詮索を吹き飛ばす、説得力があった。

　住職に問うた質問は、実はひじりに関心を抱いた当初に持った疑問だった。何年もかけてひじりたちの恋の探求を重ねてきた現在は、私なりの結論を持っている。

途中経過を省いて、一挙にその結論を述べることにした。

「一休禅師は厳しい修行をし、悟りを開いた方です。私たち凡夫が考えるような善悪の価値観をはるかに超えた世界におられた。そう考えてはどうでしょうか」

住職は大きくうなずいて「それでいいでしょう」と言い、さらに付け加えた。

「一休は聖人君子ではありません。『狂雲集』にある数々の詩は、聖人君子ぶる人たちに向けた言葉かも知れません」

今度は、こちらが大きくうなずく。まさに私が言いたかったことのすべてだ。

核心になる話は二十分ほどで終わった。

「住職は、何代目でいらっしゃいますか」

「三十七代目です」

綿々と引き継がれてきた一休の禅道を思い、もう少し話を続けたい気もするが、これ以上時間をとっては失礼だ。礼を述べて外へ出ることにした。

いつのまにか、空には灰色の雲がいっぱいに広がり、いまにも雨が降り出しそうだ。

その中を、本堂、宝物殿とめぐる。

宝物殿には、大きな肖像画がかかっていた。とぼけたような顔つきは正木美術館蔵の絵とそっくりだが、茶色の衣に緑色の袈裟。なかなか一休もおしゃれだ。

その横にある書に、目がとまった。

「一休順老和尚」

この語は初めてだ。『狂雲集』にもなかったように思う。

順は宗純の純のことで、一休はときにこの字を用いた。老は敬称として用いるが、この場合は謙遜かもしれない。

何歳のときの書だろう。例の「諸悪莫作、衆善奉行」に似て勢いがあるが、かすれが目立つところから推すと最晩年の作かもしれない。そうだとすると「順老」は、八十五歳を過ぎた一休が、ただもう老いに順《したが》う人生を過ごそうとした心境を表現したのかもしれない。

私も、ひじりたちの恋を追いかけるうちに十年を過ぎ、八十歳の坂を越した。というのに、何という恥ずかしい人生であることか。

一休のように女性を抱いて詩を作るどころか、メールが来た来ないと一喜一憂している。高血圧、喘息、腰痛、耳鳴り、いつになったら治るのかと日々思い悩む。酒を飲んで六回も道で転倒しながら、やめられない。平均余命の統計表を眺めつつ、自分の歳と比較する。

生病老死、四苦を揃って抱え悶々とする毎日は、確固たる信仰と自信に満ち、自在奔放に生きる一休ひじりの人生に比べ、なんとみみっちいことだろう。

外へ出ると、ぽつり、またぽつりと小雨が降り出していた。あわてて折りたたみ傘を拡げ、タクシーを呼ぶ。京田辺駅に近づくころ、何かの広告だろう、青剃り頭の一休小僧の顔がちらっと見える。大きな目が、愛嬌よくバイバイをしているように思えた。

市振《いちぶり》の宿――芭蕉（一六四四―一六九四）

一、旅立ち

月日は百代の過客《かかく》にして、行《ゆき》かふ年も又旅人也。

人生は旅、旅は人生だ。

平坦な道ばかりでない、山があり谷がある。うららかな日ばかりでない、雨の日も風の日もある。

きのう通った道は、もう過去だ。きょう歩く道も、過ぎ去って行く。

人と出会い、人と別れる。

旅は無常だ。

元禄二年（一六八九）、松尾芭蕉四十六歳。弥生の月、江戸の草庵を人に譲り、弟子の曽良を伴って旅に出る。

芭蕉が生まれ育った伊賀上野で俳諧の修行を積んだのち江戸へ下向したのは、三十一歳のとき。泰平の時代に入った江戸では、「粋」を合言葉に趣味人が増えていた。宗房と号した彼はたちまち人気を博し、日本橋に構えた家に弟子が続々と集まる。翌年、桃青と号を改め、三十五歳にして宗匠《そうしょう》（師匠）となった。

彼の心に、虚ろなものが漂い始めたのは、そのころだ。

「いまたくさんの人が、私を先生、先生と慕い、もてはやしてくれる。だが、そんなところで慢心していて何になる。私が求めてやまない俳諧の神髄は、もっと深くて遠い。もう一度、静かなところで自分を見つめ直したい」

三十七歳の年、彼は江戸のはずれ、深川に草庵を結ぶ。のちに弟子の一人が芭蕉を植え、芭蕉庵と称するようになった場所だ。これをきっかけに、俳号も桃青から芭蕉と改めた。

近くに、臨川寺という臨済宗の寺があった。そこに仏頂河南《ぶっちょうかなん》という禅僧が常陸・鹿島から来ていると聞いて、そのもとにはせ参じる。そこで坐禅、作務、公案の厳しい修行を積み、印可を受けた。

河南から芭蕉は何を得たか。

『笈《おい》の小文』によれば、こうだ。

「西行の和歌における、宗祇の連歌における、雪舟の繪における、利休が茶における、其《その》貫道する物は一なり」

彼らの芸道に貫道（共通）するものとは何か。

「風雅におけるもの、造化《ぞうか》にしたがひて四時《しじ》を友とす」

ただただ風雅を旨とし、そのためには、造化（自然）とともに毎日を生きる。

これこそ俳諧の心であり、禅の心、無常に徹する心に通じるものだ。

彼の旅が始まったのは、そのころだった。彼の頭に、親鸞や一遍のような旅するひじりたちの映像があったかどうかは定かでない。しかし自身述べているように、少なくとも西行を敬愛していたことに間違いない。

貞享元年（一六八四）、伊勢、熱田、奈良、京都を巡る野ざらし紀行。四十一歳。

貞享四年（一六八七）八月、鹿島の根本寺に、河南禅師を訪ねた鹿島紀行。四十四歳。

同年十月、熱田、伊勢、奈良、和歌山、明石から京都、大垣を巡る大旅行の笈の小文。

貞享五年（一六八八）、木曽路を縦貫する更科紀行。四十五歳。

そしていま、おくのほそ道。

この旅について芭蕉自身、出発する直前の元禄二年正月か二月に、書いている。

「去年《こぞ》たびより魚類肴味《こうみ》口に拂捨《はらひすて》、一鉢の境界、乞食《こつじき》の身こそたうとけれと、うたひに侘し貴僧の跡もなつかしく、猶ことしのたびはやつし〳〵てこもかぶるべき心がけにて御坐候」

〈去年の旅以来、魚などなまぐさいものは口にせず、托鉢行脚の乞食僧の身が最高だと言われたあの増賀聖《ひじり》の跡がなつかしく、さらに今年の旅ではみすぼらしい恰

好でその果ては、本当に菰をかぶってもよい覚悟であります。―東明雅訳〉
芭蕉庵を手放して出発した旅は、自分はもはや無一文、乞食《こつじき》のごとくただ歩くのみという境地の旅でもあり、そうありたいと願う求道の旅でもあった。

二人は白河関を越え、松島を眺め、西行ゆかりの歌枕、平泉の光堂を参拝した後、陸羽の山道を横断して日本海側へ出る。次々と名句が生まれたのは、このあたりだった。

閑《しづか》さや岩にしみ入《いる》蝉の声　（山形領、立石寺）
五月雨をあつめて早し最上川　（羽前、白糸の滝付近）
荒海や佐渡によこたふ天河《あまのがは》　（越後路、出雲崎付近）

二、市振の関

深川を出て三カ月。同行二人は越後路を新潟から柏崎、直江津と歩を進め、七月十二日、「親知らず子知らず」まで来た。波打ち際のすぐそばまで山が迫り、海と道との区別もつかない難所だ。大波が押し寄せるときには親が子を、子が親をかまっていられないということで名づけられたという。

冬ほどの荒海ではないにしても、草鞋はもちろん、腰までたくし上げた衣までもが濡れる。

「曽良さん、大丈夫ですか」

「私は大丈夫です。先生こそ」

無事ここを乗り越え、さらに進む。

一本松が見えてきた。越後国の最西端、越中との国境、市振だ。ここに関所と宿場があるという目印である。

一本松にたどり着くと、そのそばに小さな井戸があった。ほっとして、つるべからひと口うるおして海を眺めれば、水平線に真っ赤になった太陽が沈みかけている。左手奥、陸のかなたでは、大きな山の姿が影絵になっている。

そのまま宿場へと入って行く。さて、どの宿にするか。大きな町では、たいてい門人かその知り合いがいて、しかるべき宿を提供してくれる。だが、ここ市振には案内してくれる人がいない。

もっとも、迷うほど宿があるわけではない。十軒そこそこだ。女たちが寄ってきて客引きをする大きな宿屋が二軒あったが、手で振り払いながら通り過ぎる。

町の中ほどを過ぎて、「桔梗屋」と書いた行灯が目にとまった。曽良が、ほどよい大きさですし、洒落た名前じゃありませんかと言って、ここに決めた。


二階へ上がって旅装を解き、一階で簡素な食事をとる。縁側の向こうに見える中庭に、数本の萩が束になっている。

食事を済ませたあとは再び部屋へ戻り、紙子をかぶって横になる。紙子とは、表を紙で作り、柿渋を何度も重ねた着物で、雨具、防寒着、夜具を兼ねる。

この四、五日、芭蕉は体調がよくない。北国とはいえ、真夏の暑さが身に応える。それに雨にも降られた。加えてきょうの難所だ。疲れたからだが、たっぷり休むことを求めている。

枕を引き寄せ、さて寝るかと目をつむったとき、かすかな海の波音とともに、今まで聞こえていなかった人の話し声が、耳に届いてきた。

二人の女の声と年老いた男の声が混じっている。まあよくあることだと眠りかけたが、どうも気になる。

「曽良さん、なにか聞こえてきませんか」

「ええ、さっきからだれかが、何やら話し合っていますな。隣の部屋ならもう少しよく聞こえるでしょうから、ひと間隔てた先でしょうか。ちょっと見てきましょう」

そんなことはおよしなさいという制止を無視して、曽良が出て行った。

しばらくして、ふすまが開く。驚いたことに、曽良のうしろに二人の女性がたたずんでいるのが、薄暗い行灯の光の中に見えた。

曽良の招きで、女性たちが部屋に入ってくる。二人とも同じ小袖姿だ。片方は大柄の菊の模様、もうひとりはキキョウの花らしい。どちらも秋。キキョウの模様と宿の屋号とは偶然の一致なのだろうか。

髪は、ほとんど飾りのない、おおざっぱに結った島田だ。芭蕉は、一見して遊女たちだと思う。新潟は、大勢の遊女が集まる港町として知られている。

「かなり長い間お話をされていたようだが、何かあったのですか」

ややあって、菊模様の女が答える。こちらが少し年長らしい。

「実は、私たちは新潟の遊女です。せっせとお金をため、念願のお伊勢参りに行く途中です。ここまでじいやがついてきてくれましたが、新潟へ帰ると申すのです」

「どうして」

「そういう約束でしたから」

芭蕉も曽良も、思わず吹き出す。

「約束だったら、しょうがないですな」

曽良は煙草を取り出した。ぽんぽんと煙管を叩き、刻みを詰めている。

「ところで、さきほどお二人が宿に入って来られるところを部屋の窓から拝見しました。笠の陰でよく分かりませんでしたが、お坊様のように見えました。そうでございましょうか」

そういいながら女は、隅に置かれた二人の荷物に目をやる。

笠、杖、それに頭陀袋、帽子。

「あの帽子ですか。あれは茶人頭巾と言いまして、僧帽ではありません。でも、私の方は一応の修行をした身ですから、まあ半僧半俗とでも申しましょうか」

曽良が煙をくゆらしている。年下と見える女性は、彼の隣に正座したまま、黙って会話を聞いている。

姿勢を正した女が、襟の下から、折りたたんだ半紙を取り出して言った。

「お坊様なら、結縁《けちえん》していただこうかと……」

芭蕉は首をかしげる。結縁とは、仏縁を結ぶ、つまり仏道に入り、仏と縁を結んで成仏する願いを聞き入れてもらうことだ。この場で、自分に仏縁を結びたいとはどういう意味なのだろうか。簡単なお経を上げる程度のことならできるが……。

疑問を察して、彼女が続けた。

「この紙は、じいやが新潟へ帰ると言ってしたためた手紙です。でも私たち二人だけでは、心細くてとても伊勢まで行けそうにないのです。といって、一生に一度のお伊勢参りを、ここで諦めるわけにいきません。どうかお坊様、私たちと一緒に、伊勢までついて来てください」

思わず、二人の男は顔を見合わす。

曽良は、ゆっくりと首を横に振る。それを見て、芭蕉もはっきりと言った。

「それは無理です。私どもは俳人で、各地の門人たちを訪ねながら、のんびりと旅をしているのです。目指す方角も違いますし、とてもご一緒することはできません」

聞いて、女の目が急にうるんだ。

「それはあまりに冷たいお言葉。どうか私どもの願いをお聞きください。仏道とは弱い者、哀れな者を救う道だと聞いております。お断りになるのは、私どもが女だからでしょうか、それとも私どもの身分がいやしいからでしょうか」

それを聞いた芭蕉が、あわてて答える。

「とんでもない。女には障りがあって救われないという僧もいるが、禅門ではそれはあってはならぬ差別と考えます。もちろんなりわいに優劣の差はありません」

夏とあって、窓は開けられている。静かになった外からは、格子を通して、波の音が規則正しく聞こえてくる。一週間前に、出雲崎で見た荒波とは比較にならないおだやかさだ。

「ならば、ぜひ私たちを伊勢まで送り届けてください。どうかお慈悲を」

新しい涙が一筋、ふっくらした女の白い頬を垂れる。

二人の旅人は黙り込む。何とも難しい相談を持ち掛けられたものだ。たしかに仏門をくぐった身。できることなら願いをかなえてやりたいが、そうはいかぬ。

芭蕉は、むかし聞いた法然と遊女のめぐり合いを思い浮かべる。

およそ五百年前、浄土宗を開いた法然が流刑を宣告されて讃岐へ送られる途中、西播磨の室津の沖を通りかかる。と、港から一艘の小端舟が近づき、乗っていた遊女が「私のような者でも救われるでしょうか。ぜひお救い下さい」と訴える。法然は「ひたすら念仏を唱えなさい。そうすれば必ず極楽へ往生することができます」とさとし、遊女は涙を流して帰って行った。

芭蕉は思う。自分に、目の前の遊女に悟りを開かせるほどの力はない。禅道で得たのは、ただ自然に従う、ただ無常なる世界に溶け込み、一体になる。それだけだ。

彼は決心した。

「どうかお二人で旅をお続けください。大丈夫です、神仏はお二人の道中の無事を守ってくださいます」

芭蕉は、じっと女を見る。女は目を伏せる。

しばしの時間が経過した。

やがて女が顔を上げ、芭蕉を見つめた。そして口を開く。

「では、せめて一夜だけでも」

またも予想しなかった言葉だ、再び二人は顔を見合わせる。曽良もどうしていいかわからない表情を見せる。

窓に目をやる。格子の間から見えるのは、道を挟んで建ち並ぶ家々だけだ。海はそのまた向こうにある。

波の音だけが聞こえる。さっきより大きく聞こえてくる。一瞬、涼風が部屋に入り、行灯の火がゆらいだ。

曽良が、黙って若いほうの女の手を取り、出て行く。行く先は、隣の部屋か一つおきの部屋か。

芭蕉も静かに、残る女の手を取った。

目が覚めると、遊女はいなかった。朝早く、伊勢へと旅立ったのだろう。

紙子をかぶったままの芭蕉の頭をかすめたのは、かつての内縁の妻、寿貞《じゅてい》だった。

寿貞は、江戸に出てきたころに知り合った同郷の女性。芭蕉より九歳年下だ。できた子を次郎兵衛と名付ける。数年同棲したのち彼女は他家に嫁ぎ、まさとおふうという二人の女児をもうけたが、夫と死別、尼になったと聞く。

それから久しい。どうしているかと気になりだした最近になって、病気を得て臥しがちな日々を過ごしていると伝わってきた。

この旅を終えて江戸へ戻ったときには、子どもたちともども引き取ってやらねばと思う。

寿貞をそばに置いていたころ、超俗や風趣を目指す俳諧の宗匠にはふさわしくないとなじる者がいたのを、芭蕉は耳にした。まして、禅僧たる者がとの非難も聞こえてきた。たしかに仏道では、女性との交わりを女犯と称して禁じている。諸悪莫作、衆善奉行（悪しきことを作《な》すな、善きことを行え）という教えもある。

だが芭蕉は、恋を諸悪とは思っていない。そればかりか、女性を愛する心は、自然の心そのものだと思っている。その心は、そのまま俳諧の心でもある。

たとえば西行。俳諧に通じる風趣を開いた先人として、尊敬してやまない。彼が出家し遊行する途中立ち寄った遊女の里、江口での出来事。突然の雨に遊女の家に宿ろうとしたとき、泊まる、泊めないで一首ずつ歌を交わしたのち一夜の契りを交わしている。

また、自分と同じ臨済僧の一休。偈を集めた詩集『狂雲集』には、同棲する瞽女《ごぜ》との情熱の交わりが、赤裸々に、高らかにうたわれている。

自分にとって、正式にめとった女性との恋と、内妻や遊女との恋との間に、区別はない。みな同じ自然の心だ。芭蕉はそう思う。

昨夜の遊女二人はいまごろどこを歩いているのだろう。無事伊勢へたどり着いてくれればいいが……。そう願う芭蕉に、一句が浮かんだ。

一家《ひとつや》に遊女もねたり萩と月

さらさらと紙にしたため、曽良に渡す。

曽良はすでに起きていて、旅支度を始めている。

「いつものように、きのうのことを書き留めておいて下さい」

「かしこまりました」

宿場の朝は早い。窓から外を見下ろせば、もうたくさんの旅人が、あるいは徒歩で、あるいは馬に乗って往来している。大きな荷を積んだ荷馬車もすれ違う。

次の宿は滑川あたりか。金沢、福井、敦賀。まだまだ先は長い。最終地ともくろんでいる大垣に着くには、あと一カ月か、あるいは二カ月か。

三、芭蕉を歩く

冬を終えて、日本海の波はゆったりと往復を繰り返している。日もまたゆっくりと、能登半島の方角に傾きかけている。おそらく芭蕉たちが見た風景も、この通りだったのだろう。

北陸本線市振駅のプラットホームに、私を含めて五、六人の乗客が、富山行の各駅停車から降り立つ。私は午前中、長岡での良寛を訪ねる旅を終えて、ここにやって来た。

無人駅だ。この沿線は、特急が止まるような大きな駅以外は、すべてが無人駅らしい。駅員がいなくても掃除が行き届いていて、気分までがさっぱりとする。駅前の広場にも、ごみ一つない。都会なら違法駐車の車や放置自転車だらけといったところだ。

広場に大きな桜の木が一本、七分ほどの花をつけている。

そのそばに掲げられた、四畳半敷きくらいはある案内地図で確認し、私は自動車がひっきりなしに通る舗装道を、いま列車に乗って来た北東の方向に歩き出した。

すぐに三差路があって、右へ行けば幅広い本線。先には、トンネルが大きな口を開けている。左が狭い旧道だ。その角に「一家の……」の句が大きく掲げられ、「奥の細道は左へ」と矢印がある。

矢印に従って歩いた先に、小学校が現れた。この校庭にも大きな桜があって、こちらは満開に近い。

校庭の隅に、関所址と書かれた石碑、そばに高いエノキらしい木があった。ここは国境。当然のように双方の側に関所があり、宿場があった。

小学校を過ぎて間もなく、両側に民家が建ち並ぶ道に入る。三百年前に芭蕉と曽良が歩き、宿屋に泊まった街道だ。二人は親知らず子知らずの方から来たから私は反対方向に歩いていることになる。

私は、木曽の馬籠宿や妻籠宿のような光景を想像していた。案内書に載った写真もそう思わせたのだったが、眼の前に開けた実景は少し違っていた。家はほとんどが普通の民家、中には最近建て替えたと思われる二階建てもある。一軒だけ、二階が京都を歩けばよく見かける格子になった大きな家があって、かつては旅籠だったかと思わせるが、それとても一階はガラス戸になっていて、何かの商店だった風情である。

いささか戸惑いながら歩くうち、右手、海と反対側に並ぶ一軒の前に、説明を書いた立札があるのが目に入った。近寄ってみれば、間違いなくこれこそ芭蕉が宿泊し、例の一句を残した「桔梗屋」の跡だった。

だが、この家もまた壁はモルタル、窓がスチールサッシュの二階建てだ。それに、旅籠にしては小さめである。芭蕉はこの建物のどの部屋に泊まり、遊女はどの部屋にいたのだろう。思いをめぐらしてみるが、いまひとつピンとくるものがない。説明をよく読めば、「大正三年の大火で焼失して」とあった。大火とあるからには、一帯がやられたのだろう。これでは元禄当時の面影が失われているのも当然だ。

そのとき、家の中から一人の中年と言っていい女性が現れた。挨拶もそこそこに尋ねてみれば、

「最近、主人が亡くなりまして、息子が跡を継ぎました」

話では、そのご主人が数えて十二代目だと。だから息子さんが十三代目になる。

私は、旧跡などを訪ねたときには、それが寺であれどこであれ、厚かましいとは思いつつ、住職や奥さんと話を交わす。そこに伝わる説話でも聞ければイメージが広がるし、書物にない裏話などは一層楽しい。今回も何か面白い話でも聞き出せるかと期待したが、無理だった。女性は私の質問を避けるように、早々と町の裏手へと消えてしまった。

さらに歩みを進める。

十分と歩かないうちに、家並が途絶え、波音が大きく聞こえ出した。江戸時代も同じ距離だったとすると、ごく小さな宿場だったことになる。

その少し手前に右、山手へ上る細い道があった。奥にいくつかの墓石が見える。これが句碑のある長円寺かと上ってみればその通りだったが、夕闇が迫ってきた上にももともと黒くて見えにくい字が、ほとんど読めない。

寺を下り、元の道に戻ると、行く手に宿場の目印らしい一本松があった。

親知らず子知らずの難所を越えてやってきた芭蕉と曽良の二人も、同じように波の音を聞き、夕暮れの中に一本松を見、桔梗屋で旅装を解いたのだろう。

おくの細道、市振の宿場

松のそばには、弘法の井戸と書かれた古井戸がある。長い間、町の人々の生活を支えてきたと思われる。芭蕉も長旅の疲れを、井戸から汲んだ水一杯で癒したに違いない。

暗くなった海をしばらく眺めたのち、私は携帯電話で宿の車を呼んだ。静かな家々に明かりが入り、すぐ前にまで迫る山並がシルエットになって、その中腹に咲く山桜の色が、おぼろげになっていた。

芭蕉をしのぶには、どうしても日本海の波音を聞きつつ、市振の宿に泊まりたかった。だがインターネットで調べても、市振にはホテルも宿屋も見当たらない。解説書には二、三軒の民宿があると書かれているが、観光協会に問い合わせた電話では、それは昔の話で、いまは一軒もないという。次の越中宮崎駅のそばに、やっと一軒だけ見つかった。もうそこは富山県、電話の局番も違っていた。

やってきた宿屋のワゴン車に乗り込む。途中の窓から、やはり富山県側にも関所址の碑があるのが見えた。

宿の二階に落ち着いた私を、温泉が待っていた。この辺に天然の温泉が湧くとは知らなかった。海を眺めながら、ゆっくりと旅の疲れをとったあとは、食事である。

広い食堂の客は、私一人だった。海に近いだけに、皿には海の幸が満載だ。ブリ、タイ、ヒラメ、イカの刺身のほかに真っ赤にゆで上がったカニ。ビールがうまい。

部屋に戻った私は、大きな窓の向こうに広がる、夜の日本海に視線を注ぐ。漁火ひとつない闇だ。月も見えない。ときどき、すぐ目の下に見える線路を、特急、各駅停車、貨物、いろんな列車が走り去る。

畳の上にごろ寝をすると、自分と芭蕉との関わり合いが、思い出されてきた。

風雅、風趣、風狂、おもむき、味わい。そして、幽寂、清雅と、芭蕉とその作品を形容する言葉は実に多彩だ。さらには侘人《わびびと》、孤高、超俗、脱俗。仏教用語では無常、無所住の心など。

かつての私の芭蕉観もそんなところだった。要するに、俗人を超えた、枯淡の人。俳聖という呼称もある。

それに隠遁、行脚、加えて『禅学大辞典』にも掲載されている禅僧。どうみても、俗界を離れたひじりの一人としか思えなかった。

それより前、私は一遍に始まり、教信、空也、行基と時代をさかのぼりながら、ひじりたちの足跡を追っていた。少しでも「捨てる」境地に近づきたいとの思いからだったが、とてもそんな心境には及ばない。次なるひじりはだれかと思案していたころ、向こうから呼ぶように、私の頭に芭蕉の名が浮かんだのだった。

さっそく手軽な書物を買って開いたところ、著名な作家二人がこんな会話を交わしているのに出会った。

「芭蕉の恋の句は、どうしてこう上手いのかな」

「そうなんだよ。女を知り尽くしているって感じだね」

あの超俗孤高の俳聖、松尾芭蕉。その彼が「女を知り尽くしている」とは。

私はうなった。そして、関心が一挙に高まった。彼の恋人とはだれなのか、どんな恋だったのか。

調べてみて、寿貞という名が浮き上がった。ところが、芭蕉にとってどういう存在だったのか、どういう人物だったのか、ほとんど記録がない。次郎兵衛、まさ、おふうの母親だったことは間違いなさそうだが、それが芭蕉の子だったのかどうかも、諸説入り乱れている。

晩年、一人で病身を養う彼女を芭蕉が深川の庵に引き取り、門下に面倒を見させていたことだけは確実らしい。また、おくのほそ道の後、幾度となく出た旅先から、彼女の様子を心配する手紙が残されている。それらの手紙には、彼女に対する並々ならぬ愛情がにじみ出ている。

それでは、市振でのつかの間の恋はどうか。芭蕉がどう思っていたのか、何かの手掛かりはないか。

寿貞への愛情深い手紙にくらべ、『おくのほそ道』に書き留めた市振の記録は、実にあっさりとしている。油絵に対する水彩画とでもいおうか。

それもあって、大方の評者は、例の句を「芭蕉は遊女の願いをばっさりと切り捨てた。ここに無常観を見ることができる」と解釈するが、私にはどうしても「切り捨てた」とは思えない。なにかが、かくされている。

芭蕉は「曽良にかたれば、書《かき》とどめ侍る」と書いているというのに、『曽良旅日記』にはなにも出てこない。それひとつとっても私には、芭蕉も曽良も、遊女と一夜をともにしたとしか考えられないのだ。

だからといって、水彩画の味に傷がつくわけではないだろう。むしろ、女体を抱く風光にこそ、芭蕉が求めた風雅、味わいがあるといえないか。

芭蕉は、恋も性も捨てた超俗の聖人ではなかった。むしろ風流の恋、風趣の恋を楽しんだロマンの人ではなかったか。そこにこそ「造化にしたがひて四時を友と」した芭蕉の神髄があるといえるのではないか。

そんなことを追想しているうちに、夜が深くなった。また、宿の近くを列車が通って行く。この時間に、もう客車はあるまい。

カーテンを引く。どっと疲れが出る。今夜は気持よく眠れそうだ。明日は早く発って、家へ帰らなければならない。

夜具に入ると、一句、戯作が浮かんだ。

一家に遊女とねたり萩と月

後日、おくのほそ道の最終地である大垣市を訪ねた。私のサラリーマン時代の友人が住んでいて、定年後句作を始めた。その友人の紹介で、大垣での俳句の総元締め的存在の先生と、奥の細道むすびの地記念館の学芸員に会うことができた。

気鋭の学芸員が開口一番、「この記念館では、芭蕉のことを俳聖とは呼ばないようにしています」と言ったのには、こちらのほうが驚く。なるほど、あとで巡った館の展示のひとつに、大きく「人間・芭蕉」というコーナーがあり、「金・女」のテーマ（他に食・病・怒・悲）が解説されている。間違いなく芭蕉は、「女」を見逃しては語れない俳聖だったのだ。

私は大いに意を強くして、三人に礼を述べた。

つきてみよ——良寛（一七五八—一八三一）

一、手まり

少女の好きだったもの。本と海。

寛政十年（一七九八）、越後の長岡に生まれた少女、奥村マス（ます）は、三歳で母を失った。厳しい継母のもとで、彼女はいろりの灰に字を書いて覚え、寂しさを癒す。家が寝静まったあと、人に気づかれないよう行灯に衣をかけ、本を読むこともあった。十歳になるころには、古今和歌集、新古今和歌集、源氏物語……、家にある本を、片っ端から読んだ。

小さいころから海が見たかった。長岡は越後平野の一角とはいえ、ほとんど山に近い。十二歳のとき、はじめてその願いがかなう。柏崎出身の女中が、彼女を海の見える丘に案内してくれたのだ。丘の上の薬師堂から一望した海は、十年近く抱いてきた夢を、一度にかなえてくれた。

明るい紺青の海原も心を広々とさせてくれるが、日没風景はもっとすばらしかった。水平線上に落ちてゆく太陽と波に光るきらめきは、知らない間にあっさりと山の向こうに隠れてしまう山国の日没とは、比べものにならなかった。

彼女はしみじみとつぶやく。

「こんなところで、一日中、本を読んで過ごせたらなあ」

十七歳のとき、縁談が舞い込んだ。長岡から南へ六里、小出島村という山里で開業する医者のもとへ嫁ぐ。だが、最初から性格も趣味も合わなかった。子どもができないからと追い出される格好で、五年後に離婚。

実家に戻ったマスは、望みをかなえるためには出家して尼になるしかないと、両親に許しを願い出る。

藩士の父は怒り、継母はさとした。

「寺では、三度の食事はおかゆに一菜だけ。お前に耐えられるわけがない」

試しにと、日々の食事はおかゆだけとなる。それでもマスは文句ひとつ言わず、出家することばかりを望んだ。

耐えること一年、ついに家を出て柏崎へと向かう。目指すは、むかし行ったことのある薬師堂だ。そこで仏法を学びながら海を眺め、好きな読書をし、和歌を作り文章を書く。そんな夢がマスの胸をふくらませる。

折あしくそこの庵主は不在だったが、閻王閣《えんのうかく》という別の尼寺を紹介してくれる人がいて、ここで彼女は剃髪し、貞心《ていしん》という名を授かった。二十三歳の若さ。頭が青く光る美貌は、近所でも評判となる。

庵主を勧める尼僧姉妹の指導で、学習、読経、作務、托鉢と、修行に励む毎日が続く。その合間を縫って筆をとり、思いつくままを書き留めたり、歌を作ったりするうちに六年の歳月が流れた。

貞心の耳に、一人の隠遁僧が同じ中越の北の地に住んでいるとの話が伝わってきた。

名は良寛。七十歳近い僧で、漢詩に短歌、俳句にもたけているという。ぜひ一度お会いしたい。

長岡の実家へ帰るある秋の日。彼女は、良寛の生まれ故郷と聞く出雲崎に立ち寄ってみた。柏崎から北へおよそ五里、日本海に面した、同じ港町だ。

人に聞きながら良寛の生家、山本家を訪ねる。海岸に近い豪邸で、かつては橘屋という大名主《なぬし》として羽振りをきかせたが、このころには没落、住む人も変わっていた。もちろん良寛はここにいない。

出雲崎から山を越えて長岡へ帰る道もあるが、秋晴れのもと、もう少し歩いてみたい気がしてきて、北上を続ける。

刈り取られた稲が、稲架木（はざ木）いっぱいに架けられている。下半分の枝がそがれ、幹だけになった高い木と木の間に、横に何段か棒が渡され、そこに稲がまたぐように架けられる。越後の秋の、なじみ深い田園風景だ。ことしも豊作らしい。

笠をかぶり、田園の中、杖をつきながら歩む貞心の衣姿は、木の杖を錫杖に替え、鉢の子を持てばそのまま托鉢の姿になる。

朝早く出たのに、日の方角から見ると未刻（午後二時）のころを過ぎている。急がなくてはきょう中に長岡に帰れない。道を歩きながらそんなことを考えているとき、はるか左手で子どもたちの歓声がした。

視線を移すと、一軒の農家が見えるあたりで、背の高い老僧の周りを数人の子たちが取り巻き、まりつきに興じている。

もしや。

そばを通りかかった初老の農夫に尋ねると、日焼けした顔にしわを寄せながら、すぐに答えが返ってきた。

「その通り、あの方は良寛という和尚さんじゃ。なんでも北の方、寺泊《てらどまり》や牧ケ花、国上山《くがみやま》あたりの庵《いおり》に住んでおられたが、歳も取られ、ここ島崎村に下りてこられたそうな」

「いまのお住まいは、この近くなんですか」

「ああ、あと半里ほど行った先の木村家じゃ。能登屋さんという立派な家じゃな」

どうしよう。このまま良寛和尚に駆け寄るか。でも早く帰らなきゃ日が暮れてしまう。いくら尼僧の格好をしているからといって、いや、だからこそ夜の峠ほど危ないものはない。あらためて出直そう。

貞心は、「みぎ、よいた」と書かれた石の道標を、山手へと右折する。

与板は塩入《しおのいり》峠を越えた先の村だ。そこを過ぎればすぐ信濃川、渡し舟で渡って長岡だ。

二、相聞

生まれ故郷の近く、福島村の閻魔堂という小さな尼寺が無住となり、庵主として来ないかという話が貞心に舞い込んだ。

この世は、すべて因果で成り立っている。これが仏の教えだ。因が縁と絡まり、そして果となって目の前に現れている。みな、その絡みの中で生きている。

いなかの医者と結婚をし、別れたのもなにかの因縁だ。離婚をしていなかったら、出家もなかっただろう。またあの日、出雲崎から足を延ばそうと思わなかったら、手まりに興ずる良寛の姿を遠くに見ることもなかった。

そしていま、閻魔堂への誘い。生家はすぐそばだし、柏崎よりも島崎に近い。ありがたいご縁と、貞心は即座にこれを受け、六年間世話になった尼僧姉妹に別れを告げた。

一人になってみると、ますます良寛に会いたい気持がつのる。田んぼの彼方でまりをついていた長身痩軀のしなやかな姿も、にこやかな顔も、一目見ただけで惹きつけるものがあった。あの歳で、あそこまで無邪気に遊ぶ。そこには、六年間の修行程度ではつかみきれない境地が秘められているに違いない。

本尊の小さな閻魔王像の前で勤行をし、托鉢に出、出た先で世間話にも付き合い、お参りに来る善男善女と話を交わす。それなりに忙しい日々を送るうちに、冬に入ってしまった。真冬になれば、塩入峠は雪に閉ざされる。

春が待ち遠しい。貞心は、手まり作りを思いつく。ちらっと見えた、あのときの手まりは赤い色をしていた。良寛さまは赤色がお好きなのだろうか。私の好きな青色がいい。日本海の色のような。いや、やはり夕日のような真紅もいい。それなら二つ作ろう。一つは赤、一つは青。時間はたっぷりある。

待ちに待った春が来た。雪は解け、やがて長岡城堀端の桜が芽を膨らませる。

四月、三十歳になった貞心は、心を込めて作った手まりを持って、島崎へと出発する。堂を出ると間もなく信濃川だ。ここで渡し舟に乗る。ゆったりとした櫓の音が春ののどかさと重なり、川岸にはタンポポが咲き乱れている。俳句を知る良寛さまなら、きっと一句ものにするだろう。

対岸が与板村。閻魔堂へ来て以来、托鉢の足を何度かここまで伸ばした。おかげで、何人かの篤志家ともなじみになり、村に入るとその日もにこやかに手を合わせてくれる人がいる。

与板を通り抜けると、道端に残る雪の厚みがふえてゆく。やっと到着した峠には、人が歩ける幅以外はまだ雪が残っていた。しかしそこを越えれば、あと二里もない下りだ。

島崎の村に入り、海岸の方向に向かって進むうち、人に尋ねるまでもなく、黒塀に囲まれた大きな屋敷が見えてきた。半日歩き通しの脚を休める間もなく近づいた目の前に、見上げるような大門が現れる。遠慮しながら横手の小門から邸内に入り、声をかける。間もなく、女中と思しき人が現れた。

来意を告げると、予想もしなかった答えが返ってきた。

「良寛さまは、きょうは寺泊の照明寺密蔵院においでになっておりまして、ここにはご不在です」
なんということだろう。この私が川を渡り、山を越えてやってきた、その日に限ってお留守とは。
へなへなとその場に倒れこみそうなのをこらえ、貞心は持っていた半紙に和歌をしたため、二つの手まりと一緒に置いた。

　　師常に手まりをもて遊び給ふとききて奉るとて　　貞心尼
これぞこの仏の道に遊びつつつきや尽きせぬ御法《みのり》なるらむ

夏になった。そろそろ、良寛を訪ねよう。そんな気持が伝わったかのように、一通の書簡が届いた。まぎれもなく良寛からだ。震える手で開いてみると、からだの動きに似たしなやかな字で、返歌が書かれている。

つきてみよ一《ひ》二《ふ》三《み》四《よ》五《い》六《む》七《な》八《や》九《ここ》の十《とを》とをさめてまたはじまるを

良寛さまは、お前と一緒に手まりをつこうと言って下さっている。思わず細い一筋の涙が頬を伝う。

「つきてみよ」は「ついておいで」かもしれない。ついて行こう、どこまでも。はやる心を抑え、貞心は作っておいた手製のまりを持つと、島崎へと急いだ。

川面では、焼き照らすような太陽の光が、ぎらぎらと反射している。

舟の中で、彼女ははっと気づく。「手まりをつく」は修行を意味するのでは。修行に終わりはない、十まで行って、また繰り返す。坐禅にも数息《すそく》観というのがある。「ひとーつ、ふたーつ」と数えながら息を整え、心を整える行法だ。これも、「とお」まで行けば、また「ひとーつ」に帰る。

黒い大門の横手から入り、顔に覚えのある女中に取次を依頼する。しばらくして、にこやかな笑みを細長い顔いっぱいにたたえた、あの良寛が現れた。広い庭を横切り、裏手にある自分の庵に案内する。

庵といってもかなり広い。八畳が二間もある。

深々とお辞儀をしたのち、あらためて良寛に目を注ぐ。いま、私の目の前に良寛さまがいる。そう思っただけで、貞心の眼がしらが熱くなる。

さっそく彼女は、その感慨を歌にして差し出した。

はじめてあい見奉りて　　　　　　　　　　　貞

君にかくあい見ることの嬉しさもまだ覚めやらぬ夢かとぞ思ふ

御かへし　　　　　　　　　　　師

夢の世にかつまどろみて夢をまた語るも夢もそれがまにまに

それがまにまに――。ただあるがままに。自然の成り行きに、身も心も任す。これこそ良寛さまが得た、悟りの世界に違いない。

良寛の父、新木与五兵衛（俳号以南）は、与板の出身だった。長じて出雲崎の橘屋山本家へ養子に入ったが、一家をまとめることができず失敗。良寛の弟、由之《ゆうし》が継ぐが、またも失敗。それをよそ目に、良寛（幼名栄蔵、俗名文孝）は地元の寺に入ったあと、二十二歳で備中玉島の円通寺で曹洞宗の修行を積む。印可を受けたのち、どの寺にも入ることなく、諸国行脚に出た。三十九歳の年に寺泊に戻り、以降三十年、国上山の五合庵をはじめ、いくつかの草庵に隠棲する。そしていまは、木村家に寄寓している。

初対面以降、何度となく貞心は塩入峠を越えて、良寛を訪ねた。そのたびに、師は暖かく彼女を迎え、貞心の思いは熱さを増して行く。

朝早く閻魔堂を出たとしても、島崎に着くのは昼過ぎ。日が傾く前にはおいとまをしなければならない。ほんのひと刻《とき》の出会い。しかしそれが貞心にとっては何ものにも代えがたい時間だった。師の良寛も、そのたびに別れを惜しみ、次はいつ会えるのかと問う。

立ち帰りまたも訪《と》ひ来むたまぼこの道の芝草たどりたどりに　　貞

御かへし

またも来よ柴のいほりをいとはずばすすき尾花の露を分けわけ　　師

少し訪問の間があくと、師の方から催促が来る。

君や忘る道やかくるるこのごろは待てど暮らせど音づれのなき

何回目の訪問のときであったか。

いつものように、しばしの法話の後、貞心は帰り支度を始めた。それを見た良寛が言う。

「きょうは、雪になるという話です。塩入の峠を越すのはとても無理でしょう。今夜はここへ泊まっていきなさい」

師を振り返ると、いつになく寂しそうな顔をしている。彼女の心が揺らぐ。

師弟の関係とはいえ、僧と尼とが一つ屋根の下で一夜を過ごすのは、あまりに仏の教えにもとるのでは。

でも、この寂しげな老僧を見放すことこそ、仏の道にそむくのかもしれない。

それよりも、自分自身の心底に、師のそばでゆっくりと話を聞きたい欲もある。いや、女としての気持も……。

貞心の胸の中で、「はい」と「だめ」が何度も往復する。

もう一度師の顔を見上げて、決心が固まった。

「ではお言葉に甘えまして」

良寛の表情が、ぐっとゆるみ、手が盃に行った。それを持つと、貞心の前へ差し出す。良寛は酒好きな上、新潟は日本でも指折りの酒どころだ。師のすすめで貞心もひと盃、お相伴をする。


普通ならここで世間話のひとつでも楽しみたくなるところだが、いまの貞心の心はそこにはない。今夜はゆっくりと師の法話が聞ける。そちらのほうがうれしい。

「あらためてお聞きしますが、良寛さまのご信仰の一番もとは、何なのでしょうか」

相変わらず盃を右手にしたまま、彼は答える。

「もちろん仏教の根本は釈尊の教えだが、それを中国に正伝したのが達磨大師、そしてわが国にもたらしたのが道元禅師だ。禅師の書かれた『正法眼蔵』は、私のすべてです」

「心身《しんじん》脱落」

「その通り」

「いつか良寛さまは、心身脱落、ただ貞実《じょうじつ》とおっしゃいました」

「よく覚えていて下さる。貞実とは、真実そのものということだな」

「あのとき、思わず私は、私の名の一字をわざわざ使っていただいたのではと申し上げ、大笑いになりました」


にわかに良寛の顔がほころび、夜の庵室に二人の笑い声が響く。


笑いが鎮まって、貞心にまた真剣味が戻る。

心身脱落という言葉は何度となく聞いた。そこに至る道も、教わっている。ただひたすら坐禅に集中していれば、自然に心身は脱落し、真実の世界と一体になる。もともと自分もほとけなのだと目覚める。

その教えは知っているのだが、目覚めたと実感したことがまだない。

それは、まだ頭で、理屈で考えているからだと、師は言う。

「誰か問はん、迷悟の跡、何ぞ知らん名利の塵」

やれ迷悟だ、やれ生死《しょうじ》だと、理屈めいたことを言う僧は多いが、そんな理屈が何になる。まして、評判だの名利だの、そんなものは捨ててしまえ。あとはただ、「袖裏《しゅうり》の繍毬直《しゅうきゅうあたい》大千、一二三四五六七」

衣のたもとにある手まりこそ、千金の値、無心の修行の道だと師は言うのだ。そして、一、二、三、四、五、……の繰り返し。

貞心は、いまだ悟りに至らぬもどかしさを歌にして差し出した。

春風にみ山の雪は解けぬれど岩間によどむ谷川の水

〈春風が吹いて解けた山の雪のように、私の迷いも解けたかと思ったが、まだまだ岩間によどんでいます〉

それを受けた師は、盃を置き、しばらく口を閉ざす。

やがて返歌をしたためて貞心に示した。

み山べのみ雪解けなば谷川によどめる水はあらじとぞ思ふ
〈あなたの迷いは、もう解けているではありませんか。どこによどみなどありましょう〉

思いもかけない師の言葉。

あなたは、もう悟りの世界にいるのだとおっしゃっている。

私はまだ迷っていると自分で思っていた。だが、そのことがすでに悟りだったのだ。心によどんでいた氷が一挙に解け、そして解けた水が音を立てて流れ切った。思わず師の胸に飛び込む。

良寛は、長い両手でしっかりと貞心を包み込み、その背中をゆっくりとなでる。

師の胸の中で、貞心はいつまでもむせび泣いた。


そのあと二年にわたって、良寛と貞心との間に相聞歌の交換が続く。

貞心が島崎を訪ねるだけではない。弟・由之の住む与板で会ったあと、良寛が老身をおして閻魔堂まで来たこともある。

秋萩の花咲くころは来て見ませ命全《また》くばともにかざさむ　師

秋萩の花咲くころを待ち遠み夏草分けてまたも来にけり　貞

まさに木村家の庭に萩の花が咲いているころだった。

庵で、貞心はかねてからの質問を口にした。

「良寛さまのお導きで、私もみほとけの理《のり》を、少しは分かってきたように思います。ただ一つ、分からないことがあります」

「ほう、なんですか」

「良寛さまからいろいろ親切にお教えいただくことを、私は心からうれしく存じております。ただ、どうして私だけにそんなに良くしていただけるのかしらと。うれしいと同時に、怖いような気もするのです」

良寛は、長い眉を八の字に下げ、笑みをこぼして答える。

「それは貞心どのが、一生懸命、仏道を極めようとされているからです」

「周りには、私より熱心な方が大勢おられます」

言って、彼女は気づく。

「そういえば、良寛さまにお弟子さんはおられません」

「むかし、親鸞聖人というえらい坊さんがいました。その方が『弟子一人も持たず候』と言っておられます。私も同じ気持です。私は人に教えるような、そんな立派な者ではありません。ですから、私の号は『大愚』といいます。得意は、まりつきだけです。あなたとのおつきあいにしても、お互いに好きな歌をやり取りするのが楽しいのです」

貞心は、じっと師の言葉に耳を傾ける。

「それと……」

急に、良寛の言葉がよどんだ。よどみはしたが、はっきりした口調だった。

「貞心どのが、美しいからです」

見ると、師の表情にははにかみが浮かんでいる。貞心の胸にも恥ずかしさがこみ上げる。

「そんな……」

「私は、二十二歳で備中の国仙上人のもとに参じました。すばらしい方でした。おかげで私は道元禅師の生き方を知り、おいとましたのちも立身出世を捨て、行脚と隠遁の道を選びました。そのころは若かったものですから、『世を棄て身を棄てて　閑者となる』とか、『虚名　用《もっ》て何をか為さん』などと、生意気なことを言っておりました。

でも、歳とともに、独り住まいがだんだんと寂しくなってきたのです。こんな詩を作りました」

示された紙には、こうあった。

老朽夢覚め易し　覚め来りて空堂に在り
堂上一盞《いっせん》の灯　かかげ尽くせども　冬夜《とうや》長し

老病覚め来たりて　寝《い》ぬる能はず
四壁沈沈《しへきちんちん》として　夜已に深し

冬夜長し。外は雪だ。隙間から入って来る冷たい風。ときには小雪を巻き込んでくる。歳をとると、ただでさえすぐに目が覚める。音と寒さに夜中に目が覚め、一枚の蒲団をかき寄せることもたびたびあったに違いない。

老いの身に、一人過ごす夜の寂しさは、寂しいという言葉すら超えていたのだろう。師の言葉が、ずしんと貞心の胸に響く。

「とうとう庵を出て、ここ木村元右衛門どのの離れでお世話になることになったのです。

老いるということは、とても寂しい。俗世俗欲を離れたつもりだった私なのに、この歳にして、慰めてくれる人を求めていたのです。

まさにそのとき、貞心どのが現れました。

禅語に、啐啄《そったく》同時というのがあります。親鳥が、肌で温めてきた卵がいまや孵《かえ》るときとみて、殻をつつきます。中のひなも、いまだとばかり中からつつきます。それが同時だからこそ、新しい命が誕生するのです。これが縁でなくて何でしょう」

七十歳翁と三十歳の尼とが、ときの縁を得て、いま会いまみえている。

見ると、師の目が、うっすらと濡れている。それを見た貞心の頭から、意も情も、なにもかもが抜け出てからっぽになった。彼女の心身が脱落した瞬間であった。

天保元年（一八三〇）の暮れ。閻魔堂に飛脚屋が駆け込んだ。良寛の弟の由之からの手紙だ。胸騒ぎを感じながら開けると、良寛が危篤とある。貞心は、即座に船着き場へと走った。

塩入峠は深い雪だ。ひざまで埋もれながら、貞心は駆け上り、駆け下り、黒い大門を目指してひた走る。

荒い息のまま八畳間に走りこむ。臥した良寛の眼に光が射し、両手が差し出された。

「良寛さま」

取り合った二人の冷たい両手に、血が通う。

由之が、貞心に一枚の紙を見せた。見慣れた師の字が、よろめいて見える。

武蔵野の草葉の露のながらへてながらへ果つる身にしあらねば

貞心は返す。

生き死にの境離れて住む身にもさらぬ別れのあるぞ悲しき

一月六日、大愚良寛は示寂した。享年七十四歳。貞心、三十四歳の年だった。遺骨は、木村家の近く、隆泉寺に葬られる。

涙が乾く間もなく、貞心は良寛の残した歌を、「ここにとひ、かしこにもとめて」収集しにかかった。島崎村、与板村はもちろん、彼の住んだ庵、知り合いの人々を四年がかりで訪ね歩く。みずから保有するものを含めて歌集とし、「はちす（蓮）の露」という美しい題を付けた。本篇に九十四首、唱和篇に三十四首の和歌が収められる。

歌集編纂の大仕事を終わった彼女は、四十一歳にして再び柏崎へ戻り、三年後、同地の洞雲寺で正式に得度した後、釈迦堂という小さな寺の庵主となる。その後、釈迦堂が全焼したため、不求庵《ふぐあん》という寺に移る。

不求庵が終の棲家となった。ここで静かな尼僧生活を送ったのち、七十五歳をもってこの世を去る。

時代は、もう明治に入っていた。

四、貞心を歩く

春四月。珍しく東京へ行く用事ができた私は、この機会を逃してはと、良寛と芭蕉の旧地を北陸に訪ねることとした。

朝、ホテルの外は快晴。上越新幹線に東京駅から乗るのは初めてだ。

その年の北陸は豪雪のニュースばかりだった。雪はもう解けているかと、トンネルを出るたびに外をうかがうが、二階建て車両の下に座席があって、よく見えない。越後湯沢では、駅舎の窓越しの山に雪がかなり残っているのが見えたが、それ以外はどうやら大丈夫のようだ。

二時間弱で長岡に着く。半世紀以上も前の学生時代、鈍行列車で上野を朝出て、夕暮れにやっと長岡に着いたことを思い出す。

改札口を出ると、打合わせ通り、タクシーの運転手が迎えに出てくれている。一分が惜しい、さっそく車に乗る。

きょうの予定は、閻魔堂（現・長岡市福島）から、信濃川を渡り、与板の町を経て塩入峠（現在はトンネル）を越え、島崎（現・長岡市島崎）の木村邸まで約二十五キロの行程だ。実走だけで一時間、見学を入れて二時間はほしい。そのあと、十二時五十九分の越後線に乗って、次の目的の、芭蕉の泊まった市振《いちぶり》まで行く。

本来なら、全行程を歩いて貞心をしのびたいところだが、時間的にも体力的にも無理だ。

まずは閻魔堂。途中、堀端に咲く満開の桜が見える。

車が往来する広い道から少し奥まった先に、二間四方ほどのお堂があった。説明では貞心が離れてから焼失、平成六年に再建されたという。中を覗くと、堂名の通り、中央に小さな閻魔大王の像がある。ずらりと横に広がって並ぶのは他の九人の王だろう。焼損を免れて当時のままというから、これらの像の前で、日夜貞心は修行に励んだことになる。もっとも、拝みながら常に彼女の心を占めていたのは、閻魔さまではなく良寛さまだったかもしれない。

そばに一本、大きなケヤキが立っている。近くに建つ歌碑を読んで、別れを告げる。閻魔堂から信濃川まではすぐだ。川を渡る前、堤にある歌碑に案内される。この辺に船着き場があったのだろうか。

　夕さればもゆるおもひにたへかねてみぎはの草にほたるとぶらむ

さすがに日本一の長さを誇る信濃川、見た目には対岸までかなりの距離があるが、途中には中洲もいくつか露わになっていて、実際に流れている水の量は予想したほどではない。当時は川幅が狭く、その分もっと水が深く、舟で渡らなければならなかったのかもしれない。

橋を渡る。片手に持つ地図では蔵王橋となっている。渡り切って十キロほど下流、つまり北へ行ったところが与板の町だ。与板は良寛の父、山本（旧姓新木）五兵衛（俳号は以南）の生地、そして弟の由之が山本家の運営に失敗したのち住んだところでもあり、また良寛のよき理解者・支援者が複数いた村で、彼もしばしば訪ねている。

運転手は、新木家跡へ案内してくれる。家そのものはないが、幅五メートルはあろうかという自然石の、以南の句が刻まれた句碑と説明板がある。

ここで珍しい人に出会った。

石に囲まれた日本庭園風の一画に、きちんとスーツを着こなした恰幅のいい紳士が現れた。それればかりか、名刺を取り出して挨拶をする。

「現在、以南から数えて十二代目です」

この人が以南の子孫？　だとすれば良寛の眷属ということになる。

ならばもう少し話を聞きたい。と思ったところ、庭園で花の手入れをしている女性が目についた。外国人と見える。私の視線に気づいたのか、男性が手招きし、「妻です」と紹介する。聞けば出身はアメリカですと。アメリカならかつて仕事で単身赴任した国だ。ついアメリカのどこですかなどという話題になって、良寛を忘れてしまっていた。運転手が出発をうながす。

あとでメールをしたところ、この男性は以南や良寛とは血のつながりはなく、祖先がこの地を買って家を建てた縁で近くに住んでおり、句碑周りの庭園のお守りをしているということだった。

与板の家並が遠ざかったと思う間もなく、車の行く先に、塩入峠の下を貫くトンネルが見えてきた。

夏には首に伝わる汗を拭き、冬には積もった雪をかき分けて、貞心が越えた峠だ。その暑さも寒さも、良寛に会いたい一心の前には、苦ではなかったに違いない。

いまは、トンネルの中を難なく車が往来している。その手前に、歌碑があった。当時の藩主が、峠を改修して歩きやすくした。おそらく自然のままの地面を広げ、道らしくしたのだろう。これを感謝して良寛が詠んだ長歌が刻まれている。

歌碑を見た後、車はトンネルをあっという間に通過した。難所といわれる峠だから、さぞ長いトンネルだろうとの予想をくつがえすあっけなさだった。それでも振り返ってみると、小さいながら高い山が後ろに見えた。案内書の写真を見ると、峠は杉林に囲まれた、かなりの難所だ。

あとは順調な下り坂、十分ほどで木村家に着く。

途中で、私は運転手に聞いた。

「貞心尼は、どういうきっかけで良寛さんを知ったのでしょう」

良寛と貞心に関しては、比較的近代の人とあって、史料が多い。それでも、なぜ貞心が良寛の存在を知ったかについては、はっきりしない。嫁ぎ先の関という医者から聞いた、そこに出入りしていた男から聞いた、柏崎にいたときに何らかのつながりがあって木村家を知った、柏崎から実家へ帰る途中出会ったなどなど。

運転手の答えも、いささか曖昧だった。

「医者の関という人からうわさを聞いたとも、柏崎周辺で手まりをつく良寛さんを見たとも、いいますな」

関医師という人は、相性が悪くて離婚した相手だ。なんとなく印象がよくない。後者の方がロマンチックで好ましい。こちらが真実であってほしいと、私は思う。

木村家に着いた。さきに裏へ回る。良寛の庵があった跡だ。説明板には、「八畳二間ほどの広さで、生活の用はすべて足りるようになっていました」とある。

隠棲の覚悟をした良寛でさえ「冬夜長し」と嘆かせた狭いわら葺きの庵に比べ、ここはあまりにも恵まれ過ぎた部屋だったに違いない。一時は抜け出して、もといた山のふもとの庵に舞い戻ったともいう。しかし結局は、ここが最後の住処《すみか》となり、貞心や由之に見守られながら示寂した。

良寛がここに閑居するころ、この地方に大地震があった。そのとき、与板の知人に向かって、彼はこんな書状を書いている。

「災難に逢う時節《とき》には、災難に逢うがよく候。死ぬ時節には死ぬがよく候」

災難に逢って、天を恨み、人を憎んでなんになる。自分が生まれたのも死ぬのも、みな同じ大きな宇宙の中の一つの出来事。もともと自分と宇宙とは一つなのだから、「逢うがよく候」なのだ。

また運転手にうながされ、表へ回る。太い柱二本に支えられた、威風ある門に圧倒される。右手の小さな門が開いており、ここから中へ入ると、いまは人の住まない大きな屋敷があった。ときに田舎で見かける庄屋や陣屋などの旧家を、さらに一回り大きくしたような構えだ。

一見した後、隣の「良寛の里美術館」を訪ねる。きょう最後の訪問先だ。

入ってすぐにはっとさせられるのが、窓際に置かれた、良寛・貞心の二人が火鉢を

良寛終焉の地、長岡市島崎の旧木村邸

挟んで相対する像だ。案内書によく載っていて、にこやかな良寛、真剣な表情の貞心が、適当な距離を置いて座っている。いささか理想的すぎる気がしていたものだが、実際にそのそばに立つと、さもあったのだろうと思えてくる。

もっと動きがあって心和ませたのが、良寛に男の子と女の子とがまとわりつく木造彩色の像だ。良寛の表情が、これ以上楽しいときはないという笑顔を見せている。

二人の書もすばらしい。

良寛の筆跡を集めて六幅の屏風にした「貼交《はりまぜ》屏風」が圧巻だ。楷・行・草書、漢詩、和歌など様々な書が散りばめられている。中でも良寛の特徴が出ているのは行書。しなやかな曲がりに、女性的な雰囲気がある。その一方で、「はちすの露」に見る貞心の筆跡（複製）は、しっかりした意志を象徴するような字体だ。それぞれの性格が、四年の交流を支えていたのかもしれない。

売店で、良寛の筆の跡が印刷されたコースター五枚を買って外へ出る。

時計は十二時半を過ぎている。信越本線から外れたローカル線の越後線は本数が少ない。タクシーは急ぎ小島谷駅へと向かう。

そこは、小さな無人駅だった。最近改装されたらしく、駅舎の外装が真新しく見えるが、周囲は閑散としている。

見回してみても、食堂らしい店がない。ようやく一軒の、コンビニというよりはよろず屋といいたい店があった。パンを買って駅に戻り、小さな待合室に入る。

若い女性が一人、列車を待っている。待っているのは、私と同じ柏崎行きの各駅停車だろう。

黙って本に目を落としている横顔が、さっき見た貞心の横顔のように見えてきた。

あとがき――ひじり探訪の軌跡

二十年前、企業を定年になった私は、これからの歩むべき道を模索していた。一遍上人に関する書物を貰ったのは、そのころであった。

ページを開いて一驚した。そこには家も寺も捨て、ひたすら遊行に明け暮れた生涯が書かれている。

家も寺も捨てるということは、金銭欲はもちろん、名誉も評判も、あらゆる我欲を捨てるということだ。なるほど我欲がなければ、快い人間関係を保ち、快い定年後生活を過ごせるかもしれない。そんな甘い夢を描いたのが、私のひじりとの関わりの第一歩だった。

一遍にかかわる旧跡、踊念仏やそれに関する民俗行事などを五年ほどかけて訪ねるうち、関心は彼が敬愛する教信につながった。さらに次なるひじりはと探索しているときに、向こうから近づいてきたのが芭蕉であった。正僧ではないが家を捨て、旅を愛する芭蕉を、私は典型的なひじりの一人とみる。

ところが、とんでもない記述に出くわした。一人の作家がこんな言葉を語っているのだ。

「(芭蕉は) 女を知り尽くしているって感じだね」

あの超俗孤高の俳聖・松尾芭蕉。その彼が「女を知り尽くしている」とは。

この衝撃のひと言が、私のひじり探究の行先を一変させた。何もかも捨てたといいながら、恋だけは捨てなかったひじりたち。その目で見れば、教信は住みついた土地の女性と結婚し、一遍も長い遊行の旅に、妻を伴っていた。

これはどうしたことか。愛欲は捨てるべき欲の筆頭、煩悩の最たるものでなかったのか。

次いで何人ものひじりたちの足跡を追ったのだが、そこに私がまざまざと見たのは、枯淡の中に晩年を送ったとばかり思っていた彼らの、女性を追い求める姿だった。

西行は娘を蹴り妻を捨てて旅に出ながら、江口の里で遊女と一夜をともにする。良寛は年老いた孤独の慰めを三十歳も下の尼僧に求め、一休に至っては盲目の歌い手との性愛を、声高らかに謳う。

私は驚き、次に共感した。お前たちもか。ひじりたちが、女性に弱い私の身に、まるごと重なったのである。


男性が女性を求める理由に二つあることにも気づいた。性愛と母性である。とりわけ母という存在は、絶望や失意に暮れる自分と百パーセント同化し、「それでいいのだ。お前のやっていることは正しいのだ」と慰め、励ましてくれる。

この書で割愛した俳人一茶は、両方を遍歴した典型的な例だ。富津《ふっつ》に住む年上の未亡人には甘えるような句を詠み、信濃に帰郷してからめとった妻とは、連日連夜の交わりの回数を、誇らしげに日記に記録する。明恵の夢を分析した河合隼雄も、師であるドイツの心理学者ノイマンの説として、まったく同じことを述べている。

こうして私のひじり探訪は、異性への愛とは何かに方向転換をしたのだった。


無謀にも私は、鎌倉仏教の代表格、親鸞と道元にも近寄り、彼らの女性への思いを心に描き、紙に書く。さらに「唯一の清僧」といわれる明恵の世界にさえ分け入り、そこに若き未亡人尼僧へのひそやかな愛を見る。

もはや異性への愛は、煩悩や禁戒でもなければ、諸悪莫作の諸悪でもない。きわめて自然な人間のいとなみのあり姿ではないのか。眼前の自然の姿すべてが仏性の実相なのなら、異性への愛はまさに仏性のままの自然な生きかたといえるのではないか。私はそう考えるに至った。

ところが、またしても大きな壁が、私を待ち構えていた。

私が相手にするひじりたちを、どれほど知っているのかという自問だ。表面的に伝記や絵巻を読みあさっただけで、彼らの真情、とりわけ女性たちへの真情をつかんだといえるのだろうか。

それを知るためには、彼らが生きた時代背景はもちろん、彼らの宗教をも正確に知らなければならない。何といってもこれが、ひじりたちと対峙する中での、最大の壁であった。

考えても見てほしい。悟りどころか、修行のかけらも経験していない俗人に、何年にもわたる修行を積み、確固たる信仰を築いた彼らの心境が分かるものか。

しかし私は思った。それでも私は迫る。私は書く。それこそが私の修行なのだと。

あちらこちらと彷徨しているうちに、十年が経ち、付き合ったひじりは十人を数えるまでになった。

これから先、私のひじり探索の道は、どこへ向かい、どんな修行になるのか。私自身にも分からない。

平成二十七年（二〇一五）冬

島　雄

執筆に際し、次の方々から種々のヒントをいただいた。厚くお礼申し上げます。

（教信）教信寺常住院住職　小杉隆道師
加古川観光協会
（明恵）施無畏寺住職　中島昭憲師
（道元）妙香寺住職　幣　道紀師
欣浄寺住職　横井慎秀師
（一遍）西蓮寺住職　梅谷繁樹師
佐久市社会教育部文化財課
（一休）酬恩庵一休寺住職　田邊宗一師
（芭蕉）奥の細道むすびの地俳句協会会長　田中青志氏
大垣市奥の細道むすびの地記念館　学芸員　大木祥太郎氏

参考文献

一、資料によって原文の表記が異なる場合は、原則として次によった。謝意を表する。

(西行)

佐々木信綱校訂「山家集」(岩波文庫)

璋子には、「たまこ」のほか、「あきこ」、「しょうし」とルビを振った解説もある。ここでは「平安時代史事典」(角川書店)によった。

(明恵)

久保田淳・山口明穂校注「明恵上人集」(岩波文庫)

河合隼雄「明恵　夢を生きる」(講談社+α文庫)

(一遍)

大橋俊雄校注「一遍聖絵」(岩波文庫)

大橋俊雄校注「一遍上人語録」(岩波文庫)

「国宝・一遍聖繪」(特別陳列図録)(京都国立博物館)

(一休)

柳田聖山訳「狂雲集」(中公クラシックス)

(芭蕉)

萩原恭男校注「芭蕉おくのほそ道」（岩波文庫）
中村俊定校注「芭蕉紀行文集」（岩波文庫）
萩原恭男校注「芭蕉書簡集」（岩波文庫）
（良寛）
「定本良寛全集　第一巻詩集、第二巻歌集」（中央公論社）
二、資料によって年記録が異なる場合は、おもに次によった。謝意を表する。
（教信）
山田智善「念仏山教信寺略縁起」（教信寺資料）
（西行）
桑原博史訳注「西行物語」（講談社学術文庫）
（一遍）
大橋俊雄「一遍聖」（講談社学術文庫）
（一休）
今泉淑夫校注「一休和尚年譜1、2」（平凡社東洋文庫）
（芭蕉）
今栄蔵「芭蕉年譜大成」（角川書店）
（良寛）
谷川敏朗「良寛全集別巻1、良寛伝記・年譜・文献目録」（野島出版）

初出

「恋するひじりたち」　『飢餓祭』35号（2011年）

「恋するひじりたち（続）」　『飢餓祭』37号（2012年）
神戸エルマール文学賞候補作

「清滝川の恋―恋するひじりたち（三）」　『飢餓祭』39号（2014年）

島　雄（しま・ゆう）

一九三三（昭和八）年生まれ。一九九四年化学企業を定年退職後、化学技術アドバイザー、生産技術コンサルタントをつとめる。二〇〇三年から小説・エッセイの執筆に取り組む。

同人誌「飢餓祭」、「港の灯」同人、明石ペンクラブ会員。

著書（化学技術、生産技術関連を除く）に、『人間・仕事・企業』、『定年徒然草』、『ベートーヴェンの恋人』、『二人のオランダ人讃——ゴッホとフェルメール』、『竹内和夫の「やさしい文章教室」十五章』（いずれも友月書房刊）がある。

〒６７４−００５６　兵庫県明石市大久保町山手台二−一八

恋《こい》するひじりたち
二〇一五年三月一日発行
著　者　島　雄
発行者　涸沢純平
発行所　株式会社編集工房ノア
〒五三一—〇〇七一
大阪市北区中津三—一七—五
電話〇六（六三七三）三六四一
ＦＡＸ〇六（六三七三）三六四二
振替〇〇九四〇—七—三〇六四五七
組版　株式会社四国写研
印刷製本　亜細亜印刷株式会社

ISBN978-4-89271-226-5

幸せな群島 竹内 和夫

同人雑誌五十年 青春のガリ版雑誌からVIKING同人、長年の新聞同人誌評担当など五十年の同人雑誌人生の時代と仲間史。 二三〇〇円

雷の子 島 京子

古代の女王の生まれ代わりか、異端の女優の奔放な生と性を描く表題作。独得の人間観察と描写。名篇「母子幻想」「渇不飲盗泉水」収載。 二二〇〇円

飴色の窓 野元 正

第3回神戸エルマール文学賞 中年男人生の惑い。アメリカ国境青年の旅。未婚の母と娘。震災で娘を亡くした女性の葛藤。さまざまな彷徨。 二〇〇〇円

衝《つく》海《み》町《まち》 神盛 敬一

第4回神戸エルマール文学賞 少年を主人公とした純度の高い力作4編。悲しみを抱いて未来を切り開く。汽笛する魂の「ふるさと」少年像。 二〇〇〇円

マビヨン通りの店 山田 稔

ついに時めくことのなかった作家たち、敬愛する師と先輩によせるさまざまな思い——〈死者をこの世に呼びもどす〉ことにはげむ文のわざ。 二〇〇〇円

余生返上 大谷 晃一

「私の悲嘆と立ち直りを容赦なく描いて見よう」。徹底した取材追求で、独自の評伝文学を築いた著者が、妻の死、自らの90歳に取材する。 二〇〇〇円

表示は本体価格